读者文摘
READER'S DIGEST
U0925073

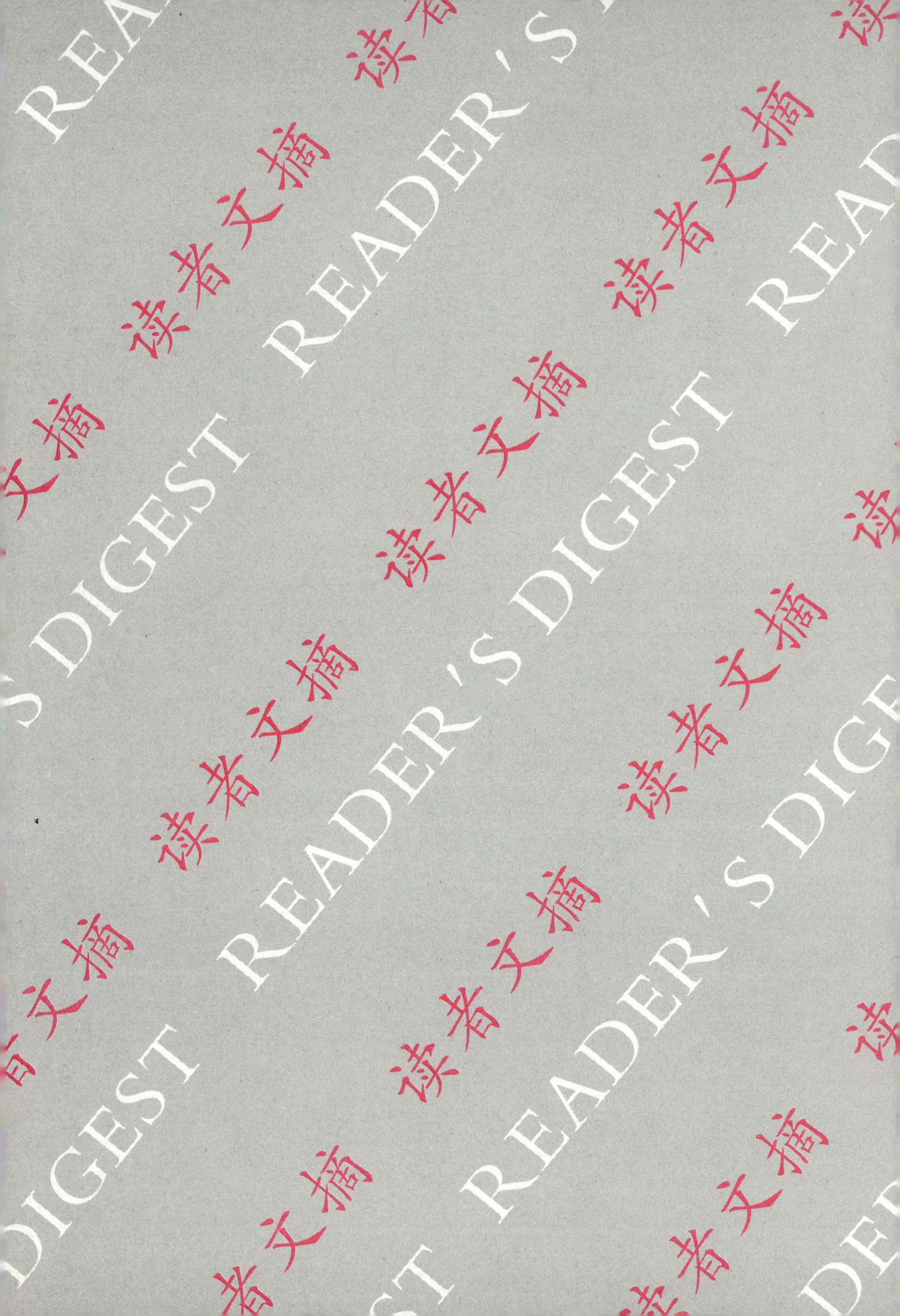

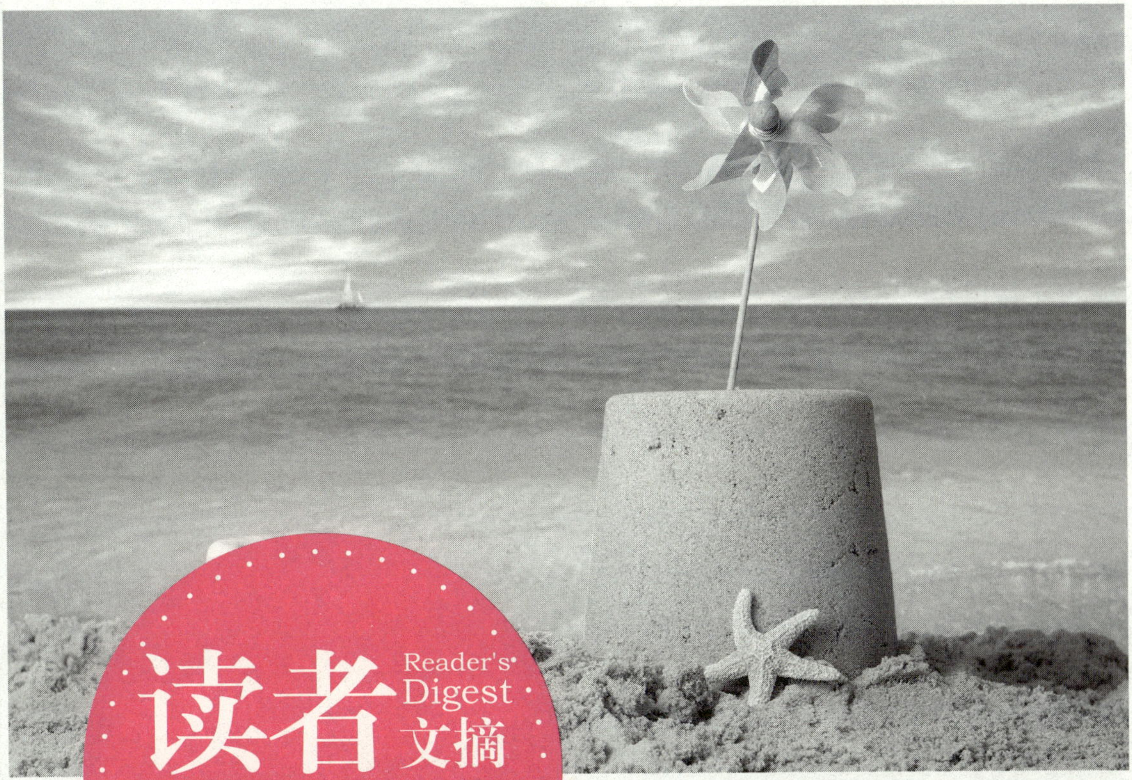

读者 Reader's Digest 文摘

（情感篇）

Qinggan Pian

佳作评选
精华版

成功没有彩排的机会，每一天都要以正式上场的姿态面对。琐碎的光阴，庸常的日子，读一篇读者文摘，为疲倦的身心注入新的活力。

《读者文摘》好运将一路相随！

打开柔软的心，学会付出和关爱，点燃人性中最灿烂的光芒。

青春在疼痛中成长

Qingchun Zai Tengtongzhong Chengzhang

孟祥宁／著

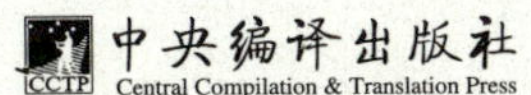

图书在版编目(CIP)数据

青春在疼痛中成长 / 孟祥宁著. -- 北京 : 中央编译出版社, 2014.2

(读者文摘)

ISBN 978-7-5117-1901-0

Ⅰ. ①青… Ⅱ. ①孟… Ⅲ. ①散文集-中国-当代 Ⅳ. ①I267

中国版本图书馆 CIP 数据核字(2013)第 275530 号

青春在疼痛中成长

出 版 人 刘明清
排版制作 腾飞文化
责任编辑 邓永标 余海伦
责任印制 尹 珺
出版发行 中央编译出版社
地 址 北京西城区车公庄大街乙 5 号鸿儒大厦 B 座(100044)
电 话 (010)52612345(总编室) (010)52612371(编辑部)
(010)66161011(团购部) (010)52612332(网络销售部)
(010)66130345(发行部) (010)66509618(读者服务部)
网 址 www.cctphome.com
经 销 全国新华书店
印 刷 北京盛兰兄弟印刷装订有限公司
开 本 710×1000 毫米 1/16
字 数 180 千字
印 张 14
版 次 2014 年 2 月第 1 版第 1 次
定 价 28.00 元

本社常年法律顾问:北京市吴栾赵阎律师事务所律师 闫军 梁勤

凡有印刷质量问题,本社负责调换。电话:(010)66509618

爱到情浓方是悟

——李学民散文印象

这一年的春天似乎一直在路上，时间早过了农历二月中旬，料峭的寒风中还时时飘着雪花，我一边在西北的漫漫黄尘中眺望春天，一边阅读李学民先生的散文。春天的脚步格外迟缓，然而，李学民笔下的那一帧帧色彩斑斓的乡村风情画却让我一次次感受到吹面不寒的杨柳春风，他把深挚的爱化着涓涓清流，汩汩而下，犹如一粒粒浸润着水分的种子，在我的心田上植下一个春天。

春天是母亲的棉花纺车转动的声音，“母亲乌黑的头发上蒙块毛巾，坐在当门的蒲团上，把小脚盘在双腿底下，就着煤油灯光摇纺车，‘嗡嗡——嗡嗡’，一个姿势，纺线不停。”春天是大嫂针角细密的女儿活，“大嫂一手的女儿活，缝缝补补，点点缀缀，什么样的布料到了她的手上，都能化腐朽为神奇，”春天是风中的父亲为儿子买锅饼的身影，“一个佝偻的老人，一手拎着锅饼袋子，一手拄着拐杖，正踽踽蹒跚而来……”春天是故乡的长堤那绵延千里的葱绿，春天是“红木箱”上一家人简单而温馨的幸福，春天是“故乡的苇”丛里无穷的秘密，春天是“喊街”喊出的乡村长调，春天是“石磨”磨出的晨星与暮月，春天是村东黄水河上的水手吼出的南北花腔，春天是故乡清水湾的月光下“白皙的影影绰绰的影子，间或微语略带羞涩的呢喃或调笑”，春天是一桩深藏于内心的温暖而朦胧的美好情愫……春天是漂泊的灵魂是最后的守望。

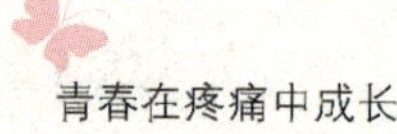

Foreword

李学民先生的散文大多饱蘸真情、浓情、痴情，抒写着对父母兄妹、妻子儿女、乡亲邻里以及生养自己的故土的厚爱，这份由亲情绵延铺展的赤子情怀像一条生生不息的河，萦绕着故土家园，从而也让故乡的山水滋润自己漂泊在城市里的灵魂。阅读这些散文，读者的心灵极易被带回那个已经消逝或正在消失的乡村：阡陌小巷里的鸡鸣狗吠，素净月光下的羞涩呢喃，朝阳烈日下的劳作身影，黄昏晚霞里的炊烟羊咩……

因此，我以为李学民的散文中写得最成功的是一曲曲深情的乡村挽歌。那些已经逝去的乡村风物在他的笔下获得了永恒的生命。母亲的棉花纺车、奶奶的竹篮筐、母亲那本“夹满了大大小小的纸袼褙鞋样”书，乡村人家煎饼用的铁鏊子，母亲在月光下编织苇筐、蒲团、苇箔的身影，家乡的冬天“远远的有一缕一条一团淡灰色或淡黄色的炊烟升腾而起，群群的乌鸦鸟雀拍打着双翅鸣叫着飞来，又扑入那抹水墨画般的小村落去，”乡下人在清水湾洗澡的乐趣，“西北坝口乡道上，一溜烟驶来一匹快马，枣红色的，那马蹄橐橐橐敲打着路面，荡起一股细碎的尘烟，”……上了年纪的人都记得这些漂泊在记忆里的乡村风情画，那是生养我们生命的家园，那是涵养我们精神的家园，那更是寄放我们灵魂的家园。在城镇化把乡村变得千篇一律的今天，这样的村庄显然只能从记忆里搜寻，作者的这些散文与其说是缅怀逝去的乡村，不如说是执守我们的精神家园。

乡村的历史沉淀在那些已经逝去或即将逝去的背影里，月光下纺纱的母亲，风雨里种田的父亲，贫穷中不离不弃的大嫂，黄水河上吼着南北花腔的水手和脚夫……这是继沈从文的“边城”风情画与孙犁的“荷花淀”风情画之后我见到的极具地域特色的乡村风情画。村庄的历史是生活在村庄里的人的历史，作者为他的父母兄嫂、乡亲麻四、阿冬、豆腐人等立传，实际上就是为他的乡村立传。他是一个离开乡村在城市里游走的人，然而，他的灵魂

序

Foreword

留在乡村，他观照乡村的眼光便不可避免地带上了人文色彩，对乡村的怀念从另一方面反衬出对现存环境的疏离。从这个角度上说，作者这些描述乡村人情风物的散文是他一个人的乡村心灵史。

真实是散文的灵魂。真情是散文的品格。李学民的散文大多直抒胸臆，通过一个个与他的生活相关联的人和事，把他关注底层，怀念亲友，以及故乡山水的深情淋漓尽致地抒写出来。《旧院琐记》记的是“窄巷里有植花种草的，有养狗喂兔的；有天上飞的鸽子，地上跑的鸡猫；还有伸过矮墙来的青杏一枝，火红的石榴花边嗡嗡着三五只的蜜蜂……院落里叽叽喳喳，老娘生日孩满月；又演什么电视剧了；单位今天发工资了；菜价涨得没谱了；那个女人跟谁相好跑了……”这是一幅立体的生机盎然的世俗风情画。倾听《豆腐人生》中卖豆腐的老人讲述四妹的悲苦人生时，“黑影里，巨大的痛包裹了我，泪水在脸上簌簌滑落……”，得知大杂院里的老夫妻晚景凄凉，“我摸了摸口袋，掏尽了所有的钱币，塞进门缝去。然后缓缓地转过身去，消失在朦胧的月色里……”王国维说，“有境界自成高格。”真实是散文的最高境界，李学民的散文中自己往往是介入者、参与者、体悟者，所以没有“隔”的感觉，“我喜欢一个人在黑暗中坐着，静静地在一隅方寸之中感受时间，感受生命时光的沉重与无情。”真实的悲悯，真实的同情，真实的反思，真实的行动，哪怕是极其微弱的光芒，也能在读者心中点亮一粒豆大的烛火。读他的散文，你会被融融暖意包围，这暖意来自他的心田，来自他对亲友、故土的深情，来自他对尘世生活的热爱。

爱到情浓方是悟。李学民的散文以写情为主，但也有精致的小品文，《论吃》《闲暇无事乱翻书》《世事如棋》《神补》《爱花说》等都是格调高雅、文字隽永的小品文，哲思与情趣并重，读来如品香茗，“俗话说，吃馋，馋吃。越馋越吃，越吃越馋。老言语还说，穷吃、吃穷。越穷越吃，越吃越穷……真正的‘吃’，是‘精吃’、是‘品吃’，是逍遥吃，是快活吃……吃要有个‘吃相’，即讲究一个‘雅’字。‘雅’就是儒雅、文雅，风度。”文字精准，极具概括性，把“吃”的文化全部包含了进去，让人浮想联翩。“乱翻书不是乱读，是指勤读、快读、常读，没功利念头地去读，自娱自乐地去读，不迂腐地去读。这种读书，可以使人心纳于书内，如与高士对榻晤谈；又可流连于书侧，看那人策杖孤行于山阴道涧……”读书的乐趣、情趣、妙趣只有读书人自知，这种没有功利目的的读书才能让人的精神彻底放松下来，才能真正达到牧养心灵的境界。

如果说情思是散文的心灵，那么，语言就是散文的外衣，美的心灵再披上美的外衣，才能达到文质并丽。李学民先生手不释卷，勤于学习，除了向书本学习外，他的散文语言之质朴完全得之自然，细狗“乍一看真不起眼，灰不溜秋，高高的两腿犹如仙鹤、间距挺大，梢瓜脸型，嘴尖而长，腰部像张弓，脊背耸起，肚腹似被狼掏空，而整个身子瘦成个吊死鬼。”这段白描形神兼具，惟妙惟肖。“赶脚的车夫，抖着长长带红缨穗的鞭子，啪啪赶着骡马车或驴车，时常在河畔井口旁歇脚打点肚皮和饮驴。那骡马抛蹄甩尾，很响亮地打着喷嚏，小灰驴子则总是‘嗯呀！嗯呀’昂着长脸嚎叫个不停。”这些源自生活的活的语言使他的散文散发着鲜活的生命气息，那人那物那景如在眼前，活灵活现，似乎是未加雕琢，细品却又非常传神。语言的提炼和境界的提升与他虚怀若谷勤于补拙是分不开的，我不知他在世俗中的身份地位，但读他的散文作品，我知道他是一个真正的读书人，保持着读书人的品格与习惯，不媚俗，不卖弄，同时又以开放的胸怀接纳世事的变迁与生命的无常。

李学民的部分散文透射出一种洞明世事后的练达，“湍急的世事人流之中，我拥拥挤挤，像那辆垦殖土地的拖拉机一样，昼夜耕耘着我脚下的土壤。”“世事生活中其实并没有什么旁观者，只有参与者，无论你在博弈还是

在观弈，”读这样的语句，我那颗因等待春天而焦灼的心渐渐平静下来。等与不等，春天都会来的，人生如季节更替，又何必患得患失？

如果要吹毛求疵的话，我以为李学民写散文的眼界还不够开阔，他的散文题材多是与他生活有关的人物事，亲情散文固然是散文创作的不竭话题，但生活中还有很多与自身无关也很值得我们关注的人和事。如果他能把目光投射得更长远一些，看看那些蜷缩在屋檐下的身影，想想那些被压在矿井底下永不生还的矿工……他的散文将能提升到一个新的境界。

石凌壬辰春日写于甘肃灵台

目录

Contents

第一辑 忆念那时黄昏

目录

Contents

目录
Contents

Contents

那些路过心上的男生 第四辑

第一辑

忆念那时黄昏

黑暗总是像一只无形的大手，驱赶着我们，哪怕手上沾满过家家用的泥巴，哪怕用红色砖头磨“辣椒面”正火热，哪怕躲在安静的墙角等待捉迷藏的伙伴喊放羊，都会不顾一切地急急忙忙往家跑……

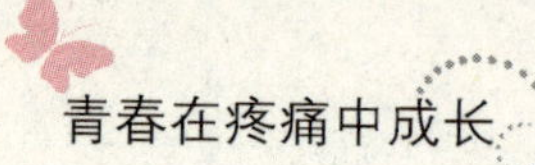

晨曦下的粽子

这个世界上，总是有人比自己过得富裕，也总是有人比自己过得拮据，像一个链条，每个人都处在固定的位置。

夏日清晨的阳光，透过细密的核桃树叶的缝隙，照在我的脸上，暖暖的。我捏着妈妈给的零钱，独自一人走向菜市场。高考过后，已经成人了的自己不能再依赖父母了，学会独立的第一件事就是去买菜。

小贩的吆喝声，主妇的还价声，交织在一起击打着我的耳膜。

“刚出锅的粽子，又大又甜的粽子……”大叔拖着长音吆喝着。

快到端午节了呢，我心想着，便走上前买了几个，红枣粽子、豆沙粽子、莲子粽子、蜜枣粽子……各式各样的粽子被又宽又大的苇叶紧紧地裹住，像一群尚在襁褓中的婴儿，安然和谐地躺成一排。

我提着粽子，哼着小曲儿继续往前走，寻思着今天中午吃些什么菜，肚子便咕咕地叫了起来，我从袋子里拿出来一个热乎的粽子，轻轻地剥开，欢喜地吃了起来。

我一边吃一边走，停在了一个菜摊前，买菜的人很多，我站到了最边上，抬眼间，我看到了一个熟睡的小男孩，斜靠在一把掉了漆的、破旧的椅子上，头低垂着，像断了线的木偶，嘴唇旁有口水流过的痕迹，嘴巴一张一合，让我想起了在大海里吐泡泡的游鱼。

我很疑惑，明明不是周末，为什么他不用去上学，而是跟着父母一起卖菜，在这么嘈杂的环境下，竟然能睡得那么香?

我正想着，见他翻了一个身，然后坐直了。

他的目光与我对视，是多么清澈明亮的一双眼睛啊，他看着我，小声地说了一句:“妈妈，我也想吃粽子……”

他的妈妈轻轻拍了他一下，示意他安静一些，然后继续扯着嗓子讨价还价，一双手忙个不停，又是收钱又是称菜。我看着他充满渴望又变得失望的眼睛，还有那一张欲说还休的嘴，心里有些不是滋味。

我轻轻走到他的跟前，蹲了下来，从袋子里拿出一个包得整整齐齐的粽子，一点一点剥开，送到他的手上。

他那双惺忪的睡眼顿时发出欣喜的亮光。

“真好吃，原来粽子是这个味道啊。”他一边大口大口地吃，边开心地说，脸上露出两个甜甜的酒窝。

我一愣，他竟然是第一次吃粽子，也许是家里穷，买不起，抑或是父母工作太忙了，没时间坐下来好好吃一顿团圆饭。

我把袋子里所有的粽子都递给了他，说:“就当是姐姐送你的端午节礼物吧。”

他一个劲儿地点头，笑得如盛夏最美丽的百合花一般。

这个世界上，总是有人比自己过得富裕，也总是有人比自己过得拮据，像一个链条，每个人都处在固定的位置。我们要做的，不是气喘吁吁地跟在富人后面望其项背，而是回过头来，看看那些掉队的孩子，他们也许连温饱都无法解决，也许没有钱看书、买玩具，只能跟着打拼的父母过着节衣缩食的日子。在我们书声琅琅的时候，他们却在异常嘈杂的环境下安静地熟睡。

我转身要走，小男孩突然拉住了我的胳膊，晨曦就是在这时照到他脸上的，他摇摇手中的粽子，莞尔说了一声谢谢。

晨曦下的粽子，包着甜甜的豆沙馅，也包着浓浓的爱心。

人生就像骑单车，只有不断前进，才能保持平衡。

——爱因斯坦

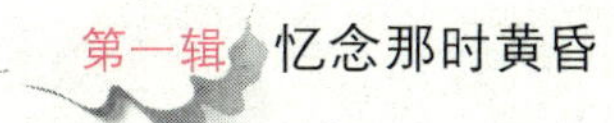

寻梦山塘街

这就是江南的美好，是北方不可比拟的独特风光，江南的湿润浴出无数美人，江南的诗情打动无数心灵。

一直以来就很想去江南，我是北方人，江南于我的全部印象，都是在书中读到的。很小的时候就背得滚瓜烂熟的《忆江南》:“江南好，风景旧曾谙，日出江花红胜火，春来江水绿如蓝，能不忆江南?”江南的花团锦簇，红得那么明艳；江南的水那么碧绿明丽，在暖暖的阳光照耀下，泛起层层粼光，闪着和谐与安宁。

梦里的小桥流水、古镇水乡。我撑着碎花伞，在细雨朦胧中穿过一条条弄堂，看斑驳的掉了漆的墙，品空气中淡淡的花的香，脚步细碎仿佛怕惊扰了这美丽的梦。如今，高考过后的暑假，我踏上了寻梦的旅途，苏州的山塘街，是梦里的第一站。

被誉为“姑苏第一名街”的山塘街，东起阊门渡僧桥，西至虎丘山的望山桥，长约七里，所以俗话说“七里山塘到虎丘”。山塘街历史悠久，始建于唐代，大诗人白居易在苏州任刺史时，看到虎丘附近河道淤塞、水路不通，回衙后开河筑路，百姓为了纪念他便称“山塘街”为“白公堤”。

山塘街是梦中江南的生动写照，有着水陆并行、河街相邻的格局。中间的山塘河水潺潺流着，一排排红色漆木船安静地停靠在河两岸，一座座石桥拱着好看的身子，娇羞地望着水中自己的身影，河两旁是江南小镇，白色的、有些斑驳的墙体，黑色砖瓦的屋檐下是一件件花花绿绿的衣裳，有女子在河边洗衣洗菜，男子在船上吆喝着，一派繁华如梦。

韦庄的《菩萨蛮》中写道："春水碧于天，画船听雨眠。垆边人似月，皓腕凝霜雪。"春日的江水，碧绿胜过天空的碧蓝，泛一只彩绘小舟，静卧其中，听着外面细雨落下的滴答声，安静地入眠。卖酒女子如天空中那一轮明月，光彩照人，白皙的手臂如霜雪般纯洁，多么闲适惬意。这就是江南的美好，是北方不可比拟的独特风光，江南的湿润浴出无数美人，江南的诗情打动无数心灵。

山塘两旁的店铺，挂着火红的灯笼，酒旗在风中飘来荡去，一位光着膀子的小男孩骑着四轮自行车奋力从桥下蹬到桥上，身穿长裙的女子手捧书卷静坐在灯火通明的屋内，桌上插着一把把刺绣的小扇。街上人来人往、熙熙攘攘，人人洋溢着幸福知足的微笑，应是寻到梦中的景色后露出的满意的笑吧。

"买鱼沽酒，行旅如云；走马呼鹰，飞尘蔽日。晚村人语，远归白社之烟；晓市花声，惊破红楼之梦。"水巷山塘，繁花似锦，难怪有民歌唱道："杭州有西湖，苏州有山塘。两处好地方，无限好风光。"

寻梦山塘街，好一个如梦似幻的人间仙境。

国无信不立，国无信不强。

——世界艺术家协会主席：吴国化

卸下欲望的行囊

欲望就像一个杯子，你可以不停地往里面加水。可是杯子的容量有限，总有一天水会溢出来的。所以，欲望必须适可而止，适当的欲望是驱赶人前行的鞭子，但是过度的欲望却是羁绊我们前行的绳索。我们不能完全听凭于欲望，否则将会被它囚禁。

一直就想去海边玩，今年夏天终于如愿以偿。

提前好几天我就开始收拾行李了，除了日常必备的东西，还有各式各样花花绿绿的衣服，一大堆零食，还下载了几部电影和好多流行音乐。妈妈问我，你是去看海还是搬家呢？可我还是一样都舍不得拿出来，而且还想拿其他的东西，觉得万一需要怎么办。最后，一个大包装得鼓鼓囊囊都装不下，沉得根本提不动。带着这些装备，我陷入了苦恼。

无奈之下，我只能忍痛割爱，留下一身备用衣服，零食和饮料都拿了出来，那些不必要的小零碎也丢到了一边。突然发现包变得好轻，也不那么鼓了，我有一种如释重负的感觉。

人生也是一样，我们的欲望总是永无止境，想买房、买车、买许多名牌衣服和包，恨不得把整个商场都搬到自己家来。我们总是希望物质上越多越好，生活的品质越高越好，却忽略了精神上的东西。

有一次，令尹子佩请楚庄王到京台赴宴，楚庄王答应了，但那天却没有驾临。第二天，子佩询问原因，楚庄王说:“京台这地方，向南可以看见料山，脚下对着方皇之水，左面是长江，右边是淮河，到了那里，人会快活得忘记死的痛苦，我怕沉迷于此，流连忘返，耽误国家大事啊!”

我们常常忘记了人生路上的目的地在哪儿，被一些花哨的东西所诱惑，欲望被永无止境地扩大，忘记了我们要干什么，岂不是捡了芝麻丢了西瓜？如果一味贪恋路边美好的风景，抵抗不住诱惑，又怎么能够体会“一览众山小”的壮丽?

相信大家都玩过迷宫，日本有一家非常复杂的迷宫，为了鼓励大家的热情，凡是走出来的人均奖励10万元。人们被诱惑，纷纷走进了迷宫，可是没有一个人出来，他们有的原路返回，有的不得不发出信号求救。有个工程师带着罗盘等工具进去，经过测量发现这个迷宫根本就没有出口!

千万不要把自己置身于诱惑的迷宫当中，我们很有可能根本就走不出去。

雷纳德三世是十四世纪比利时君主，身体特别肥胖，他的弟弟爱德华在一次与他争吵后发动政变，将他关进了一个城堡中，房间有门有床，从不上锁，可因为他体型过于庞大，根本走不出来，爱德华令人给他送各种各样的美味，他抵挡不住诱惑，最终被囚禁了十年，出狱后便一命呜呼了。

欲望就像一个杯子，你可以不停地往里面加水。可是杯子的容量有限，总有一天水会溢出来的。所以，欲望必须适可而止，适当的欲望是驱赶人前行的鞭子，但是过度的欲望却是羁绊我们前行的绳索。我们不能完全听凭于欲望，否则将会被它囚禁。

卸下欲望的行囊，轻装上阵，才会活得更轻松、更快乐。

没有诚实哪来尊严?

——西塞罗

此海非彼海

原来在沙滩上会拾到退潮时遗留下来的贝壳，而现在只剩下脏兮兮的海藻和树枝；原来的沙子是那样的光滑细腻，犹如一个刚出浴的少女的肌肤，而现在，她老了，皮肤开始变得粗糙，穿上了人们随意丢弃的破衣烂衫。

童话故事中的大海永远是湛蓝湛蓝的，水天一色，各种鱼儿畅游其中。美人鱼被王子救上岸的童话故事，给大海增添了几分神秘的色彩。

我梦想来到这样的大海，和好友在海里嬉戏，在金色的沙滩上垒城堡，将自己埋进沙里。

可是我眼前的海和沙滩却不是那样的。蔚蓝色的是天空，云彩很少，太阳高高地烤着地面。大海是墨绿色的，白色的泡沫向我涌来，海浪卷着烂树叶和食品袋，纠缠在我的脚上，犹如一双双手将我拉进泥潭。有风夹杂着又苦又涩的海水吹来，我皱皱眉，穿着泳衣望而却步。

沙滩上是扎脚的沙粒，各种零食袋与树枝零零散散地安静地躺着，到处是人的身影，他们吃着东西说笑，随地吐痰。安静的大海不再安静，仿佛是一个热闹的菜市场，小商小贩的吆喝声此起彼伏。

人们把污水肆意地排进大海，鱼儿受到污染，每年都有大片大片的死鱼。靠山吃山靠水吃水，海边的人们筑起了洋楼，他们富了，大海却

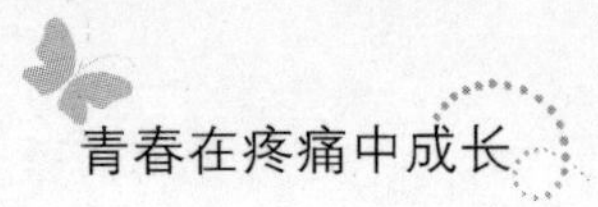

哭了。

记忆中的大海不是这个样子的。很多年前，她还是安静如淑女，纯净如白玉的。她孕育着各种海洋生物，而不是被人们肆意捕捞。原来在沙滩上会拾到退潮时遗留下来的贝壳，而现在只剩下脏兮兮的海藻和树枝；原来的沙子是那样的光滑细腻，犹如一个刚出浴的少女的肌肤，而现在，她老了，皮肤开始变得粗糙，穿上了人们随意丢弃的破衣烂衫。

此海非彼海。

污染严重、物种锐减、赤潮频繁，都使海洋蒙上了巨大的灾难。法国著名的学者查卡·伊斯柯瓦斯认为:“近五十年来，由于世界海洋的污染，成千种海洋生物正无影无踪地消亡。特别是近二十年来，这个过程更加强化了。海洋空间如果被继续污染下去，会给人类带来严重的后果。如果海洋消亡，人类便不复存在。”

我们向往童话故事中神圣的海，而她现在早已不存在，只能永远活在孩子的记忆中。我们只有无奈吗?

我憧憬的美好的大海，却被人们污染毁坏成了这个样子，我们唯有心痛吗?

每个人都可以改变她，帮助她重焕昔日的光彩。不要做“语言的巨人，行动的矮子”。从身边点滴小事做起，我们必须管住自己的手，不随便丢弃垃圾；管住自己的嘴，不随意吐痰；管住自己的贪念，不滥捕生物，像爱护家人一样爱护每一个生命。

救救大海母亲吧，我们不想听到她的哭泣！我在心底发出深深的呼唤。

真话说一半常是弥天大谎。

——富兰克林

无论你走多远都要回来

让无法安放的灵魂回归故里，我用幻想弥补人生的空缺和遗憾。只要插上想象力的翅膀，即使身处地狱也会变成天堂。

曹文轩说，人有克制不住的离家的欲望。

只要一放假，人一清闲，欲望便愈发变得强烈。躺在家中的床上，望向天花板，脑海中总是有一种远行的念头挥之不去，外面的世界总是在远方召唤着我的灵魂。

我说，我想去旅行。

爸爸沉默，然后说，去吧，但记住一句话：无论你走多远，终究还是会回来的。

我不解，没多想，便兴奋地准备，和好友踏上了去山东的旅程。

人生实质上是一场苦旅，我们在路上坐着颠簸的车，耳朵里塞着耳机，闭上眼睛睡觉。我们无奈地掏出自己兜里的冤枉钱，心里骂着乱收费的家伙。我们挤在人群中，像一群鸭子奔向不再洁净的大海，浑身沾满泥沙和烂树叶。

本以为一切都会很好，想不到第一个晚上，我就开始想念。

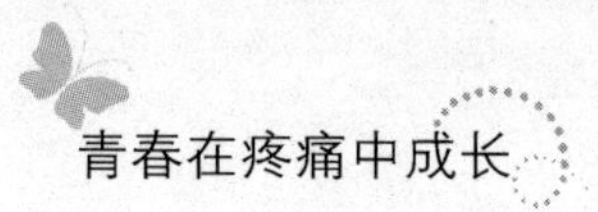

想念父母慈爱的模样，哪怕是喋喋不休的唠叨；想念妈妈做的香喷喷的饭菜，哪怕有时会不合口味；想念爸爸谆谆不悔的教导，哪怕有时令人生气落泪。

想念家乡的公路，想念热闹的菜市场，想念温馨舒适的房子，想念对门小孩子纯真的笑脸。

我们在梦里走了许多路，醒来后发现自己还在床上。突然间读懂了这句话，也悟出了爸爸临行前的叮嘱。

人的一生，有出生便有死亡，从远方来又回到远方。灵魂却依然乐此不疲。

在安静的宾馆，像在家一样望着天花板发呆，只是感觉已经不同。待在家里想远行，待在远方想回家。

我们总是在许许多多的矛盾中骤然长大，然后悟出了生命的真谛。

让无法安放的灵魂回归故里，我用幻想弥补人生的空缺和遗憾。只要插上想象力的翅膀，即使身处地狱也会变成天堂。

我躺在床上，周杰伦的《稻香》回响在耳边：还记得家是唯一的城堡……

泪，就掉了下来。

诚者，天之道也；诚之者，人之道也。

——孟子

不要轻易许下诺

诚信是一个人最美丽的外套，是一个心灵最圣洁的鲜花；诚信是一股清泉，会洗去世间的肮脏与丑恶，让整个世界变得纯洁与美好。

每年暑假，都是朋友同学聚会的好时机。平常大家忙忙碌碌，总算有了放松的时刻，爱玩的我，也愿意帮大家组织一些聚会。

当我通知同学的时候，有些人总是很爽快地就答应了。于是凑了很多人，让我很有满足感。本以为可以快快乐乐、热热闹闹地玩，可每次到了集合的前天晚上，我就非常害怕手机会响，因为多半是有事去不了了。

这种事情发生过很多次，而在炎热的夏天，理由也很容易让人想起。太热了，不去。生活便是这样，总有着许多我们不得不接受的无奈。

那些许下的承诺，随风而飘，无影无踪，不留一丝痕迹。

我想，所有的组织者都有这样的无奈与失望吧！当自己的信心与热情被一次次失约的冷水浇灭，那种感受就像是非常信任一个人，但他却欺骗了你一样。你的内心一落千丈，犹如从高空跌入悬崖，那是一种多么痛苦的心灰意冷。

不要轻易许诺，一旦许下诺言，就要尽力去实现。或许你对于许下的诺言并不在意，但别人可能铭记在心，不要辜负了别人的期待。

临时有事当然可以谅解，可有的人经常口无遮拦、不经大脑，一概答

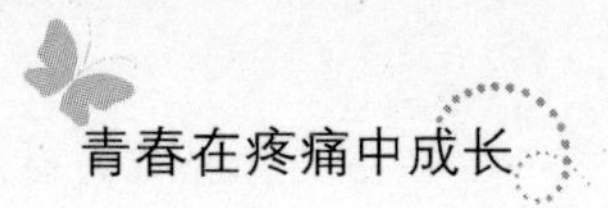

应，这样的人是最没有诚信的人。

《弟子规》里有这样一句话：“事非宜，勿轻诺。苟轻诺，进退错。”对于自己认为不妥当的事情，不能随便答应别人。假如你轻易许诺，就会进退两难。这是小孩子都明白的道理，为什么我们做不到？是因为现在的人们对于“信”这个字理解得还不够透彻，没有牢记并遵循它。

成事者信守诺言，一诺千金。富兰克林曾说：“失足，你可以马上恢复站立。失信，你也许永难挽回。”诚信是做人之本，立业之本。

季布是汉朝人，他以真诚守信著称于世。时人谚云：“得黄金百斤，不如得季布一诺。”可见，他的一句话比金子还要贵重。后来季布跟随项羽战败，被刘邦通缉，不少人都出来掩护他，使他顺利度过难关。最后，季布凭借自己的诚信，受到了汉王朝的重用。

失去诚信的人，同时也会失去朋友，失去别人的信任，甚至会遭受同样的报应。

我的一位好友，和我关系非常铁，她说话很随便。最近，我约她去看电影，她一口就答应了，她托我先帮她买好票，我便很开心地相信了。当我到了电影院，她突然来电说有事，这让我很气愤，决心再也不要和她做朋友了。后来听说，由于她经常随意许诺，别人也很随意地骗她，放她的鸽子，她很伤心，却不知道为什么。

诚信是一个人最美丽的外套，是一个心灵最圣洁的鲜花；诚信是一股清泉，会洗去世间的肮脏与丑恶，让整个世界变得纯洁与美好。

如果每个人都丧失诚信，轻易许诺，那这个国家、这个民族将会变得多么丑陋，到处充斥着欺骗与狡诈，终日人心惶惶。

不要轻易对别人许下诺言，凡出言，信为先。

真诚是一种心灵的开放。

——拉罗什富科

保持生命应有的姿态

亲爱的读者，你是豆角还是丝瓜？面对突如其来的挫折，就如同油锅里滚烫的热油，瞬间将你浸没，令你喘息不得。你的躯体里是否掺杂了多余的水分，令你平静祥和时显得光鲜亮丽、饱满坚挺，一旦遭遇人生的考验，便会迅速丧失水分，变得畏畏缩缩不敢向前，只待油锅将自己所有理想、所有斗志消磨殆尽？

饭桌上，看到母亲又炒了一盘豆角，想起已经连着吃了三天，不禁疑惑地问道，怎么天天吃豆角啊？母亲微笑地说，现在正是豆角下来的时候，新鲜又便宜，最重要的是切一盘子的量炒出来的还是一盘子，不会贬值，准能让一家人吃饱。从小娇惯的我对做饭没有经验，又一头雾水地问道，难道还有切一盘子炒出来不是一盘子的？

母亲被我逗得直乐，当然有了，丝瓜啊葫芦啊，买回来个头挺大，切了一大盘子，可是当把它们放进油锅一炒，盛出来的时候往往比生的时候要少很多，因为丝瓜水分很大，一下锅水分就全流失变成汤了，一盘的量也就变成了半盘。

看着盘子里翠绿坚挺而饱满的豆角，我陷入了深深的思索，夹一个进口，脆脆的很有嚼头，一种扎实的感觉油然而生，无论经过多么高温滚烫的热油翻炒，仍然保持生命应有的姿态，不贬值不缩水，毅然决然地沐浴滚滚热油而没有一丝退缩，像一个个英勇壮烈的斗士，赶赴一场声势浩大的惨烈的战争。

而丝瓜外表饱满又鲜翠欲滴，手捏上去有柔软的感觉，切成片放进锅里，一大锅登时有要满出来的样子。

然而经过热油翻炒后，水分迅速流失，一个个又大又圆的丝瓜片萎蔫成了软绵绵的一小片，层层叠在一起黏糊着。

筷子一夹，像无力的投降者伸着脆弱的胳膊，像扶不起来的瘫倒的老人，显示了一种软弱者的姿态。

亲爱的读者，你是豆角还是丝瓜？面对突如其来的挫折，就如同油锅里滚烫的热油，瞬间将你浸没，令你喘息不得。你的躯体里是否掺杂了多余的水分，令你平静祥和时显得光鲜亮丽、饱满坚挺，一旦遭遇人生的考验，便会迅速丧失水分，变得畏畏缩缩不敢向前，只待油锅将自己所有理想、所有斗志消磨殆尽？

无论一生中有多少不能承受的痛，都请你像豆角一样，保持生命应有的姿态，不掺水的生活，不贬值的生命，微笑从油中出浴，告诉别人我依然很好。

欺人只能一时，而诚信才是长久之策。

——约翰·雷

快与慢

“快”与“慢”就像是一曲交响乐，正确处理好“快”与“慢”的关系，才能奏出最和谐的篇章。

在大街上骑车子，我常常会有这样的感叹。有一类人是“慢”人，耳朵里塞着耳机，神情悠闲地骑着单车，眼神时不时地落在路边美丽的风景上，或惊喜或沉思，一副悠然自得的样子，好像从来不担心时间的流逝。

还有一类人是“快”人，他们背着厚重的背包，眉头紧皱，额上浸着大滴的汗珠，见人就超，紧张焦虑地飞速疾驰，似离弦的箭，“嗖”的一声，射出好远。

可是一旦遇上红灯，再奔驰的汽车也要刹紧车闸。那些“快”人用手擦擦汗，嘴里抱怨着该死的红灯；而那些“慢”人则悠闲地荡到了和他们一样的位置，依旧哼着小曲。

现在是信息时代，如果你不能“一时多用”、“一目十行”，是很难取得成就的。

于是有人开始喊:“快！否则你就跟不上时代!”许多人加快了步伐，

加快了生活的节奏，像一台一台的机器匆忙地运转着。他们匆匆地行走在人生的旅途中。

可是，谁也无法预料到生命中的变故，与其匆忙赶路，不如放慢脚步欣赏风景。

就像教育改革，有的人拼命学习书本上的死知识，“两耳不闻窗外事，一心只读圣贤书”。结果考试不考死知识了，他们傻眼了，所有的努力似乎都白费了。

可是世界上的“快”人都意识到了“慢”的优势，大家纷纷效仿，工人慢腾腾地干活，学生懒洋洋地学习，社会上多了些游手好闲的人。就像人民公社，干多干少一个样，反正大家都吃大锅饭。那么，这个社会还能继续吗？国家如何富强？答案可想而知。

鲁迅说:“我成功的奥秘，就在于把别人喝咖啡的时间都用在了工作上。”可见，一个人的成功与抓紧时间有着很大的关系，“快”可以提高效率，使自己永远跑在别人前面，成功的几率也大大增加。

“快”有“快”的好处，“慢”有“慢”的好处。“快”似一曲高亢激昂的摇滚乐，“慢”似一首舒缓优雅的钢琴曲；“快”像波涛汹涌的大海，“慢”像轻快悠长的山间溪流；“快”如紧绷的神经，“慢”如平静的呼吸。

“快”与“慢”就像一对反义词一样，水火不相容吗？

其实不然。

“快”与“慢”好像人们的左右手，谁也离不开谁。该快的时候抓紧时间，该慢的时候好好放松。

运动员在赛场上拼搏，必须要有速度，这是为了祖国的荣誉；欣赏风景的时候要慢，这是为了更好地融入大自然，使身心放松；解放军要在第一时间赶到灾区，这是为了挽救生命与财产；文学创作必须要“吟安一个字，捻断数茎须”，是为了得到更加完美的作品。

我们在生活中，一定要快慢结合，既不能一味地求快，也不能一味地放慢速度，凡事顺其自然，不能强求。

“快”与“慢”就像是一曲交响乐，正确处理好“快”与“慢”的关系，才能奏出最和谐的篇章。

竹之可贵，在于有节。人之可贵，在于有诚。诚信善行，可尊达贵。

——方海权

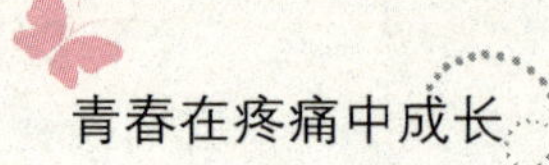

塑料袋一年多少钱

我终于明白了妈妈的用意，一个小小的好习惯，竟然会让这么多人受益。我们有多少人知道，卖菜的一年要花多少钱在塑料袋上？他们不会赚大笔大笔的钞票，起早贪黑为的只是养家糊口。我们多为他们考虑一下，也许就会给他们带来莫大的欣慰。

妈妈是个环保主义者，出门买东西总要随身携带一个袋子。

周日我跟她去市场买菜，正值中午，人很多，我们好不容易挤到了一个摊位前，挑了一大堆新鲜的蔬菜后，妈妈一摸兜，发现忘了拿袋子，坚持要回家一趟。虽然我们家离菜市场很近，步行一两分钟就到了，可我还是很不解地问:“卖菜的不是有嘛，又不是不给你，何必跑一趟呢?”妈妈只是笑笑，说让我继续挑几个西红柿，她一会儿就来。

我满脸不情愿地等着，心想以后再也不陪她买东西了，和她出门就是麻烦。很快妈妈来了，手里拿着那个熟悉的绿色环保袋，她交了钱，一边将袋子递给卖菜的女人，一边笑着说:“不用拿袋子了，我这里有。”

那个阿姨接过后，满是感激地说:“你真是个好人啊，要是每个人都像你这样自己带袋子，我们要省多少钱啊。”

我听到后一愣，有些不相信地问:“塑料袋有那么贵吗?”

阿姨说:“你猜猜我们卖菜的一年的塑料袋要花多少钱?”我摇摇头。

她伸出五个手指头。

“五百?”

“五千!”

我的天！我的嘴巴张得老大，妈妈也很惊讶，毕竟这对于一个做小买卖生意的人是一笔不小的数目。

“一天有将近一百人买菜，一个人买的多了，好几个袋子就出去了，太沉的菜还要套两个塑料袋，二十块钱一包的袋子几天就用光了。没办法，虽然实施了什么限塑令，可是没有袋子谁还来买啊。”阿姨无奈地叹了口气。

我们走的时候，阿姨拿出一小把香菜，“你们是要炖菜吧，香菜是送你们的。”看她执意往袋子里面塞，我和妈妈也不得不收下了。

回来的路上，我们又去买馒头，同样的，妈妈这回从兜里拿出一个食品袋，是在超市买点心用过的，卖馒头的大叔表扬了妈妈，并连声道谢，我自己也不禁变得很开心。

我终于明白了妈妈的用意，一个小小的好习惯，竟然会让这么多人受益。我们有多少人知道，卖菜的一年要花多少钱在塑料袋上，他们不会赚大笔大笔的钞票，起早贪黑为的只是养家糊口。我们多为他们考虑一下，也许会给他们带来莫大的欣慰。

限塑令是一件好事，管理起来却很麻烦。老百姓用惯了塑料袋，一时间很难改变，毕竟没有比这更方便的东西了，塑料袋、塑料饭盒、一次性筷子……这些东西我们都知道不环保，可是真正忙起来，又有多少人会拒绝它们？当我们买完菜回到家，那些袋子是不是随手就被丢到了垃圾桶？我想大部分人是这样做的。

塑料埋在地下两百年也不会降解，渐渐地，人们这不经意的举动，就会使地球的负担越来越重。

现在我也养成了一个好的习惯——塑料袋重复利用，只要没有变得特

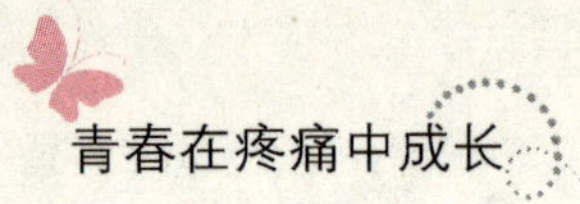

别脏，稍微抖抖其中的食品渣，还是可以用上很多次的。我们每个人从幼儿园就知道了要环保，真正做到的又有几个人？只有亲身体会到环保的重要性，才能让每一个人自觉行动起来。

下次买菜的时候，你是不是也自己准备一个袋子？我想你收获的不仅仅是他人的感激，更是地球母亲从心底里发出的由衷的赞美。

>>>

当信用消失的时候，肉体就没有生命。

——大仲马

重视细节

我们总是忽略生活中的一些细节，总是不在乎，却不知，往往是这些细节决定了你的整个成败。

前几天，和同学逛街买了一双乳白色蝴蝶结娃娃鞋，试穿的时候很好看，也很舒服，于是当即就买了下来。第二天聚会去公园玩，我便穿了一条淡色的裙子，搭了这双鞋。谁知走了不到一个小时，我就觉得脚腕后面有点疼，坐下来一看，已经磨破了一层皮，露着红红的肉。好友看到了，惊讶地大呼："你怎么不穿袜子啊？这种鞋最容易磨脚了。"我一头雾水，"怎么，难道还要穿上袜子？那多难看啊。"好友便支了一招："电视上说过，只要在磨脚的那里贴上一块创可贴，就可以放心地穿了。"我谢过之后，又开始艰难地迈着步子。

回到家，妈妈让我抹上药，我不以为然，还坚持天天洗个澡。直到有一天，我和好友去健身房骑动感单车，我穿上了运动鞋，骑着单车的时候脚腕一点都不疼，可下了课，连路都走不了了，只要一动，就撕心裂肺的疼。我把鞋和袜子脱下来，发现结的痂已经掉了，还肿了一个大包，红红的，有点泛紫。我的泪水就在眼睛里打转，但是不好意思当着这么多人的

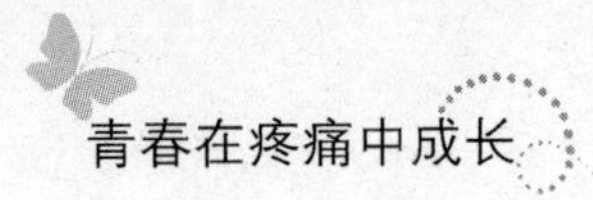

面哭，于是便装作很坚强的样子，咬着牙，一瘸一拐地出了门。

到了家我终于忍不住了，倒在沙发上便放声大哭，妈妈一边给我上药，一边抱怨我的粗心大意，疼得我嗷嗷直叫。于是，一连好几天，我都在家里养着。

悲剧的发生，都源于我的不在乎。假如我早点抹药，假如我在家里养着，假如我不逞强说自己没事，也许我可以快点好。

我们总是忽略生活中的一些细节，总是不在乎，却不知，往往是这些细节决定了你的整个成败。

少了一个铁钉，丢了一只马掌；少了一只马掌，丢了一匹战马；少了一匹战马，丢了一个将军；少了一个将军，败了一场战役；败了一场战役，失了一个国家。相信大家都听过这个故事吧，正是由于忽略了细节导致了整个国家的失败。

任何小事物都是不能忽视的，它们往往蕴藏着伟大的力量。一张柔软的纸可以轻而易举地将手指划破，一滴温柔的水可以把坚硬的磐石滴穿，一只弱小的蚂蚁可以啃掉一块骨头。以柔克刚，真的很神奇。

有一句谚语是这样说的：使你疲倦的不是脚下的高山，而是你鞋里的一粒沙。的确，很多时候，只要我们重视一下细节，就可以减少很多不必要的麻烦。

看着我红红的脚腕，我顿时明白了许多：一定不要忽略细节，不要忽略生活中细小的事物。

如果要别人诚信，首先要自己诚信。

——莎士比亚

我爱柏坡湖

就那么静静地，静静地站着，享受大自然赋予我们的一切：这远离了城市喧嚣的宁谧，这远离了人情世故的单纯，这远离了凶险狡诈的淳朴。

前几天有幸去了一趟西柏坡，刚见到柏坡湖时，我便心花怒放，迫不及待地顺着花丛间的小路跑到了湖边。

由于刚下过雨，碧绿的湖面上笼罩着层层雾气，远山忽隐忽现，有一种身临江南的感觉。偶尔有一两只美丽的鸟飞来飞去，我刚想用相机抓拍，却倏地飞进云雾中不见踪影。朦朦胧胧之中，一艘快艇从远方驶过，后面激起一道白浪，像一条舞动着的白龙，又似一条洁白无瑕的哈达。渐渐地，一阵阵涟漪向岸边扩散，此起彼伏的湖水拍打在岸边，“哗——哗——哗——”奏起一段段交响乐，浪花一朵一朵连在一起，像一串美丽的花藤。静静地倾听着大自然带给我们的美妙歌声，耳边除了浪花拍打的哗哗声外，什么声音也没有。就那么静静地，静静地站着，享受大自然赋予我们的一切：这远离了城市喧嚣的宁谧，这远离了人情世故的单纯，这远离了凶险狡诈的淳朴。

第二天清晨，我起了一个大早，刚出宾馆，朝阳的光辉灿烂地照在我的脸上，暖暖的。来到湖边，惊讶不已，被雨水洗过的天空，湛蓝湛蓝的，远山清晰可见，绿色的树木连成一片，像往山上披了一块块绿毛毯。

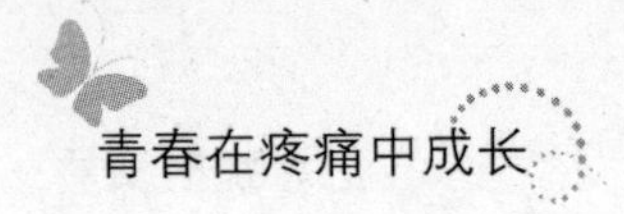

红彤彤的太阳，羞涩地挂在天空，湖面上波光粼粼，我的前方像是一条星光大道，闪着无数光辉，通向远方，没有尽头。我弯下腰，伸手想捞几块碎银，刚一碰湖面，它就恢复了碧绿的颜色。谁知发现了一只田螺，胖胖的，在缓慢地沿着石子爬行，笨拙的样子让人不忍伤害，我轻轻地碰了一下它坚硬的外壳，它立马就不动了，将脖子往回一缩，乖乖地好像一个玩具。我微笑地看着柏坡湖的一切，陶醉其中，不能自拔。

下午吃了晚饭，我们租了一条船，我又欣喜又紧张，晃晃悠悠地跳上了船，穿上了救生衣。微风吹来，我轻轻撩起湖面的水，像这清风一样凉爽又惬意。我们的船也激起了阵阵波澜，像拖着一条长长的白色的尾巴一样，湖水调皮地跳上我的脸颊，晕开了一朵又一朵水花。“扑通”一声，我顺着声音的方向转头，远处一条大鱼翻着白白的肚皮在水中跳跃，留下一簇水花，渐渐散成涟漪。夕阳就要落山了，又大又圆的火红的太阳，像一个大气球飘在山的上面，然后气球渐渐没了气，就一点一点地往下落。我屏住呼吸，静静地观望着，明亮的部分越来越小，夕阳的余晖还未消散，在山的边缘留下一条光环。最后在黑漆漆的山上方，只有大片大片的火烧云还不肯散去，描绘着这幅美丽的夕阳柏坡图的最后一笔。

柏坡湖呵，美丽的柏坡湖，你是大自然赋予我们的奇迹。

我爱你，柏坡湖，爱你碧绿的衣衫，爱你静谧的呼吸，爱你灿烂的笑容，爱你浪花拍打在岸边的清脆喉咙。

我爱柏坡湖。

要有朴实的心态，言语不要自夸高大，关心他人而温言，实在而不失大气。

——方海权

美丽，从心开始

我们每一个人，都是上天赋予的礼物，无论包装是华美还是粗糙，无论价格是贵重或者低廉，都是无法改变的。我们能做的，就是努力提升礼物的内涵，将礼物的价值最大程度地发挥，让我们的人生活得快快乐乐、幸福圆满。

从小到大，我的心里一直有一个“禁区”，别人一旦触及，就会很痛很痛。

是的，我的脸上有两个不大美观的色素痣，也就是我们常说的痦子。从小的时候就有了，可是我并没有放在心上，随着年龄的增长，衍生出了几个小痦子在我干净白皙的脸上，仿佛是攻占一座城池的胜利者，挥舞着鲜艳的旗帜，长久地霸占着。

很多人都劝我，哪里都好，就是这痦子……还是点了吧。在最爱美的年龄，谁又何尝不愿意？能够做到完美，那是多么诱人的一件事情。家人认识一位中医先生，他的医术很高明，并且点痦子可以不留一丝痕迹，我找到了他。出人意料的是，他不同意。我纳闷，有钱赚为何不愿意？他说，这两个痦子，一个代表“福”，一个代表“喜”，都是好痦子，点了它们，生活中难免会出现一些波澜与变故，到时候后悔可就来不及了！

我心里一惊，家人也都极力反对，很多书上都写过，脸上的东西，一般不要乱动，长成什么样子，都是上天注定的。我很不高兴，说这都是唯心主义，根本是糊弄人的。可仔细一想，既然是老祖宗流传了这么久的知识，一定有其中的道理，宁可信其有不可信其无，我便放弃了“点痦子”的想法。

回想一下我十几年的经历，虽然短暂，但学习、生活过得都很顺畅。我拥有一个温馨的家，出生在文化氛围很浓厚的书香门第，一家人过得和睦融洽，父母对我很民主，喜欢做的事情就让我做，从不干涉我，这对许多家庭来说就是一种幸福。我的文学之路虽然还不是很远，没有到达我理想的境界，但是这一路走来，得到了许多贵人与前辈的相助，得到了许多朋友的鼓励与支持，在我这个年龄来说，已经是莫大的荣耀与自豪了。

我开始将心态放正，既然改变不了，就要欣然接受。我开始在别人疑惑的目光中微笑，轻轻地告诉他们缘由，无论相信与否，对我来说并不重要。重要的是，自己的心不再像当初那么敏感与脆弱了。

每一个人都是独一无二的，人无完人，洁白的玉也会有些许瑕疵，完美的事物是不存在的。上帝为我们关上了一扇门，一定会将另一扇窗子打开。

我们都知道，孔子的长相并不是特别美观，甚至可以用丑陋来形容。有这样一段话足以说明：孔子流亡到郑国，被当地人形容为——额头像尧，腰长腿短，腰以下比治水的大禹矮了三寸，长得奇形怪状，瘦弱疲惫的样子好似丧家之犬。可是，即便长相如此丑陋的人，我们有谁不尊敬、不爱戴他呢？我们后人谈及的永远是他的学术成就，是伟大的儒家文化，而没有刻意去评论他的外表。

鸟类美丽的是羽毛，人类美丽的是心灵。俗话说，心灵美的人才是最美的人。箴言十一章上记载：妇女美貌而无见识，如同金环戴在猪鼻上。我不禁莞尔。一个真正美丽的人，绝对不会在乎长相如何、身材如何、服饰如何，她关心的一定是自己的心灵，广博知识、心怀善良、美德贤惠、有涵养、有教养、有气度……

多读书，读好书，丰富自己的学识，为社会作出一番大的贡献，而不是关注那些浮华的美丽。一个人内心魅力的提升，是需要长期的积淀与修炼的，只有这样，才会使人对你的焦点从外表美转向心灵美。

我们每一个人，都是上天赋予的礼物，无论包装是华美还是粗糙，无论价格是贵重或者低廉，都是无法改变的。我们能做的，就是努力提升礼物的内涵，将礼物的价值最大程度地发挥，让我们的人生活得快快乐乐、幸福圆满。

美丽，从心开始。

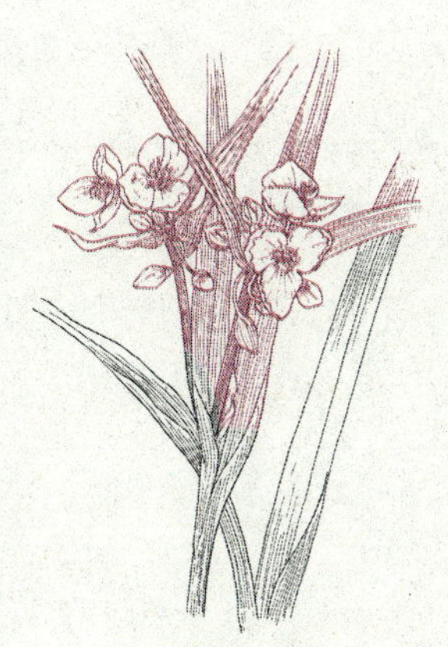

人无信不立。

——《论语·颜渊》

爱是人的天性

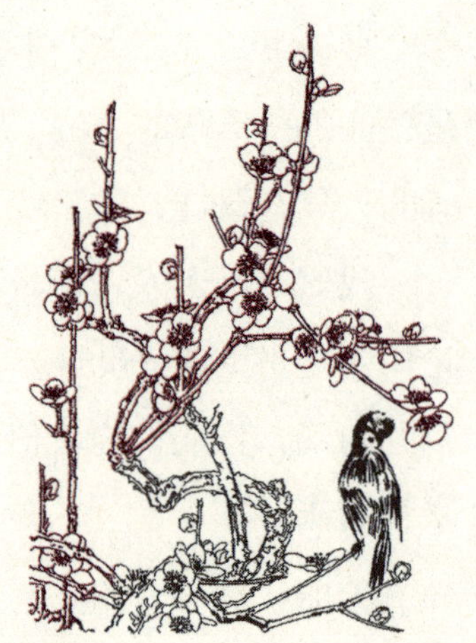

我终于明白了，一个人即使被“蝎子蜇”，仍然不能放弃爱的天性，因为你的爱与无私的付出，可能会换来一个人的生命。

有这样一个小故事，有一个印度人走在路上，看见一只蝎子掉到了水里，蝎子不断地挣扎，他伸手想救它上来，可是刚碰到蝎子，就被狠狠地蜇了一下，但那个人还想救它，于是又被蜇了好几下。有人问他：“它老蜇你，你还救它干什么？”他说：“蜇人是蝎子的天性，爱是我的天性，怎么能因为蝎子蜇人而放弃我爱的天性呢？”

“人之初，性本善。”一句幼儿园的小朋友都能脱口而出的话。我们很小的时候，父母老师就教育自己，每个人都有一颗善良的心，爱是人的天性。于是我们怜爱世间的每一个生命，会因为踩到蚂蚁而自责，会因不小心折断树枝而心疼，会因看到无家可归的流浪者而心酸。这些都是出于一种本能，是爱的天性。

可是，现在的社会中充满了欺骗与陷阱，每个人走出家门都会戴上伪装的面具，走到哪里都会怀疑周围的人和事，生怕被“蝎子蛰一下”，像蜗牛一样缩到自己的安全的壳中。正是因为这样，这个世界才那么缺少爱，周而复始，恶性循环。

以前我爸爸认识一个人，他们是多年的朋友，出于很深厚的友谊，爸爸借给了他一大笔钱，希望他可以自己创造一番事业。可是他拿了这笔钱后就再也没有露过面，手机关机，住的地方也租了出去。我觉得我们一定是被骗了，非常生气，一直埋怨爸爸，可是他总是说，再等等，再等等就会好的。于是就这样过了两年，在我们都要淡忘这件事的时候，那个叔叔出现了，我们都很惊讶，他衣衫褴褛、蓬头垢面，一脸的狼狈，爸爸还是热情地招待了他，我却偷偷暗示爸爸让他还钱，可是爸爸什么话也没说，竟然又借了他一笔钱。我很是不解。终于在半年之后，他连本带息地还了钱，并且充满感激，双眼湿润地说了一段我们都不知道的事情——他做生意被别人骗了，身无分文，走投无路之下想到了自杀，但他想在临死之前试一试，看看是否还有人对他抱有希望。当他再次拿到这一笔钱后，放弃了自杀的念头，决心要拼一把，最终成功了。

我终于明白了，一个人即使被“蝎子蜇”，仍然不能放弃爱的天性，因为你的爱与无私的付出，可能会换来一个人的生命。

每个人都有一颗美德的心，只不过时间久了，大多数人的美德都覆盖上了一层厚厚的灰尘，我们应该不时地擦一擦它，让爱与善良永远散发着光芒。只有这样，我们的社会才会更加和谐，我们的世界才会更加美好。

精诚所至，金石为开

——《后汉书 · 广陵思王荆传》

让心不再孤单

我会永远记得：那一天，我将自己微薄的爱，分享给了那些需要爱的孩子；那一天，我将美好的希望和鼓励，分享给了那些自卑的孩子们；那一天，他们的心将不再孤单，因为他们有我，有爱，有温暖……

我有幸参加了一次老师组织的和石家庄市少年儿童保护教育中心的联谊会，因为是第一次参加这种活动，心里不免有一些紧张和激动。

我们十来个学生在老师的带领下来到了少保所，参观了这里的展厅，听到了许多关于这里孩子的故事。

他们都是流浪的孤儿或者离家出走的少年儿童，还有服刑父母的子女，他们是这个社会上缺少爱的孩子们。

有一位小女孩生活在一个不幸的家庭，她的父母总是吵架，爸爸一生气就打妈妈，终于有一天妈妈爆发杀死了爸爸。

那个时候，她只有七岁，她亲眼看到了整个过程，像在心上用刀深深地划下一道伤痕，她一闭上眼睛，就能看到爸爸血淋淋地冲她走来。于是她被送到了这里，在心理医生的指导下，她渐渐变得活泼，也不再总是生活在那惨痛的阴影中了。

有的少年离家出走，在外打工赚钱，但还是常常吃了上顿没下顿，他们不愿意回到自己的家，被送到少保所后，经过长时间的教育，终于说出了自己的家在哪里，和亲人重逢。

我的心情变得很沉重，充满了对他们的同情，原来这个世界上，并不是所有的人都像我们那么幸运的，他们可能有一个悲惨的童年，经常受人侮辱，被人歧视，他们的心灵是敏感脆弱的，他们受到的苦和累是我们永远也无法想象的。

来到一个大礼堂，上面挂满了红灯笼，我们一进屋，就听到了热烈的掌声，看到了整齐的桌椅旁，一排排充满童真的笑脸，他们热情地接待了我们。

虽然他们穿的衣服并不是多么漂亮，虽然他们的小脸并不是那么干净，但是我能感受得到，他们一双双明亮的双眸，还有温暖的笑容。

我将我准备的小礼物发给了他们，他们小心翼翼地接过来，然后说声“谢谢”，声音稚嫩，低着头，腼腆的样子。我冲他们笑笑，他们也害羞地回我一个笑脸。

我是第一个表演节目的，我准备了一首很好听的《隐形的翅膀》。这首歌已经很老了，大家都耳熟能详，但我每次听到它，心中都会产生无限的希望。

我想，每一个人，都有一双隐形的翅膀，只不过有的人的翅膀尚未成熟，容不得一点点的伤害，这些孩子也是一样，他们往往更加敏感。但是，当你的翅膀经受过大风大浪之后，就会变得更加成熟，从而能够飞往更加广阔的蓝天。

我们在一起玩了许多游戏，最让我感动的是一个名叫“背后的温暖”的游戏，我们给每一位小朋友发了一张便利贴，然后让他们在上面写下一句祝福的话，贴到想送给的人的后背上。

我真没有想到，很多小朋友都贴到了我的身后，他们够不到，我就蹲下来让他们贴，有的小男孩使劲往我背上一拍，疼得我直咧嘴，然后做个鬼脸跑开了。我从后背上摘下来，一张张纸条上，笨拙的字迹，是他们一笔一画认认真真写下的——

“祝大姐姐天天开心（笑脸）”

“祝姐姐虎年万事如意”

“姐姐你好漂亮”

“祝你永远快乐，身体健康”

“Happy every day”

“一起做好朋友吧”

……

我的眼睛有些湿润，我会永远珍藏这些话的，每当看到它们，就会想起那一张张灿烂的笑脸，就会想起这个世界上，还是有许多人需要我们去关爱的。

我给他们发糖吃，他们都紧紧攥着，不肯先打开；我给一个叫露露的小女孩擦鼻涕，将放糖的小袋子挂到她的脖子上；我拉着小朋友的手转圈圈，他们抱着我说不要离开……

可是我们终究还是会离开，在一起唱完拍手歌后，我摸着露露的头，告诉她我还会来的，但我也不知道什么时候能再和他们见面。

虽然只有一上午的时间，但是我们都依依不舍，我们坐上车后，他们一起向我们招手。我使劲挥着手臂，眼里充满泪水，却还是要笑得很开心……

我会永远记得：那一天，我将自己微薄的爱，分享给了那些需要爱的孩子；那一天，我将美好的希望和鼓励，分享给了那些自卑的孩子们；那一天，他们的心将不再孤单，因为他们有我，有爱，有温暖……

言必信，行必果

——《论语·子路》

不完美就是一种完美

不完美，正是一种完美。记忆里的欢乐时光，可能会因为一丝小小的不完美，给人留下遗憾，而使其更加令人记忆犹新，回味无穷。这正是我们成长过的痕迹，是流年的感动。

记得某些知名导演都曾说过："电影本身就是一种遗憾的艺术。"维纳斯的断臂给人无限想象的余地，比完整更能让人产生美感；圆明园的残垣断壁也是一种美，一种悲壮的美；残疾运动员们也是一种美，一种生命的美。由此可见，缺陷虽然有遗憾，却有完美没有的美。

我听过一个很有趣的童话，说一个国王有七个女儿，这七位美丽的公主每人都有一百个发夹。

有一天早晨，大公主醒来整理自己的头发，发现自己少了一个发夹，就偷偷地到二公主的房间拿了一个，二公主起来发现少了一个发夹，也偷偷地到三公主的房间拿了一个……这样一来，七公主的发夹只剩下九十九个了。

你一定会替七公主感到气愤吧，可事情偏偏发生了转机。隔天，邻国英俊的王子忽然来到皇宫，对国王说："昨天我养的百灵鸟叼回了一个发夹，我想这一定是属于公主们的，这也是一种奇妙的缘分，不晓得是哪位公主掉的?”公主们听到后，都在心里想说是自己掉的。可头上明明完整地别着一百个发夹，只有七公主走了出来，一头漂亮的长发因为少了一个发夹，全部披散下来，王子不由得看呆了。故事的结局，当然是王子与七公主从此过着幸福快乐的生活。

为什么一有遗憾就要想尽办法去弥补？一百个发夹就像一个完美圆满的人生，少了一个发夹，多了一份遗憾，同时人生也多了一份转机。

人生就是一个遗憾的过程，正是因为有了无数个遗憾，我们的人生才会变得如此美丽精彩。

那些难忘的曾经，都掺杂着些许遗憾。一次不经意地擦肩，一次不经意地回眸，茫茫人海中，我们都会错过许多，也许回首往事，也会有一些在梦中似曾相识的面孔吧。

你知道功能卓越的半导体晶体管是怎样诞生的吗？科学家发现将锗提纯，可以制成极为优异的晶体管。这之后，几乎所有的科学家都力求除尽锗中的杂质，使其纯度达到100%，让理想中的晶体管横空出世。日本新力公司的江崎博士沿着这种思路，进行了无数实验，但每次都不可避免地带进了杂质。后来他们想：既然绝对提纯不可能成为现实，那为何不反其道而行之，试着加进一些杂质呢？当时，这个构思遭到许多人的嘲笑与反对。但奇迹发生了，一种极为优异的晶体诞生了，江崎博士因此获得了诺贝尔奖。

不完美的爱情才是完美的，给对方留有一丝喘息的空间，留一些时间来爱自己，否则就会受到煎熬，爱到充满压力，爱到没有一点乐趣。

如果你非要将爱情提纯至完美，那么，你苦求的结果，也会和那些科学家们一样耗尽了全部心血，也只能得到一个无法达到目的的结果，反而把自己推上了人生苦旅。

就像我们吃饭，如果好吃的一次吃个够，我保证你下次再看到也就没有那么想吃的强烈欲望了，只有吃到七分饱，齿颊味蕾还留着美味食物的香味，才是吃饭真正的乐趣。

不完美，正是一种完美。记忆里的欢乐时光，可能会因为一丝小小的不完美，给人留下遗憾，而使其更加令人记忆犹新，回味无穷。这正是我们成长过的痕迹，是流年的感动。

君子如水，小人如油。

——安道然

带着希望前行

生命是有限的，希望是无限的。带着希望前行，即使身陷逆境，都不会绝望，因为前面还有很多个美好的明天。只要心中充满希望，即使经历失败，也会重新调整人生的坐标，再次整装出发。

哥伦布在他每天的航海日志上最后一句话总是写着:“我们继续前进!”这句话看似平凡，却包含了无比的信心与毅力。凭着这一股大无畏的精神，他们向着茫茫不可知的前途挺进，横跨惊涛骇浪，历经蛮野荒地，克服了无数常人难以想象的艰难险阻，终于发现了新大陆，开创了航海史上的新纪元。

是什么支撑着哥伦布继续前进？答案当然是希望。

希望是永不止息的追求，是引爆生命潜力的导火索，是黑暗中的第一缕曙光。

一位哲人说，保持希望的人生才是有力的。

没错。人的一生永远是未知的，而挫折、坎坷，还有各种厄运和不幸，都是不可避免的。

正因为心中有着如火焰般燃烧的希望，才使我们的意志不易被摧毁，不甘心被眼前的困境所吞噬，不屈服于命运翻云覆雨的手掌，从而坚定信

念，焕发活力与光彩，锲而不舍地追求更高的境界。

生活当中，苦难、厄运、委屈、伤心、高考落榜、工作不顺利……都会使很多人在漆黑的角落里暗自落泪，也时常听到有人叹息：“唉，没希望了……”

不对，希望总是有的，那要看你懂不懂得去利用它、创造它。其实现实一点都不残酷，最残酷的莫过于——扼杀希望。

有的时候，人的失败不是因为你自己本身没有能力，而是缺乏受挫后重新激发潜能的信念，这种信念便是希望。丧失斗志与希望的人，整日整夜活得醉生梦死，无异于一堆行尸走肉。

生命是有限的，希望是无限的。带着希望前行，即使身陷逆境，都不会绝望，因为前面还有很多个美好的明天。只要心中充满希望，即使经历失败，也会重新调整人生的坐标，再次整装出发。

人生不能没有希望，希望好比滋养我们心灵的一泓清泉。带着希望前行，播下自己的梦想，你的人生之路必定花团锦簇，愈走愈辉煌。

生命，那是自然会给人类去雕琢的宝石。

——诺贝尔

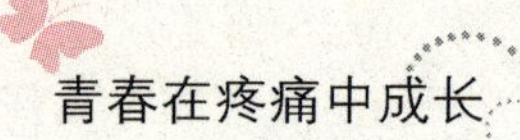

拼搏的幸福

其实，那些津津有味地吃着鱼的猫，才是最可悲、最傻的猫。因为它们永远也体会不到，自己努力拼搏抓来的老鼠，才是天底下最可口的美味。

自己走过的路，即使再崎岖，也会尝到探索后的惊喜；自己流下的汗，即使再苦涩，也会融入努力后的喜悦；自己拼搏过的人生，即使再艰难，也会充满成功后的幸福。无论他人的成功走了什么捷径，请相信，自己拼搏来的幸福，才是真正的幸福。

——题记

一群猫在吃鱼，只有一只猫在捉老鼠，别的猫开始嘲弄它："都什么年代了，有鱼吃还捉老鼠？"也许有的人会笑着说，捉老鼠的那只猫真是一只傻猫。

其实不然。

现在社会上，很多人都希望自己找一个靠山，傍一个大款，不用劳动就能整天享受吃喝玩乐。身边也有很多家境富裕的同学，他们仗着自己的父母有钱，不用好好学习就能找到一个悠闲自在的工作，每天上网玩游戏，浪费自己美好的青春。于是，越来越多的人看到了不劳而获的好处，他们也纷纷效仿，像那些只知道吃鱼的猫，忘记了自己的责任是捉老鼠。可是，生活中有很多事情我们无法预料，公司突然破产，从大老板变成了流落街头的乞丐，他们失去了炫耀的资本，一夜之间一无所有，这样的惨剧无时无刻不在发生。

古人曾云："求诸人不如求自己。"不要因为别人走了捷径成功而眼红，不要羡慕那些不劳而获的人，他们终有一天会为自己的行为付出惨重代价的。

著名画家郑板桥也说过："靠天靠地靠祖宗都不是英雄好汉。"真正靠自己拼搏来的成就，才是最令人幸福的。

我们家门口的那条街上，每天都会坐着一位老奶奶，她将自己编的鞋垫、手链还有自己织的毛衣拿来卖。起初路过她摆的地摊，心中都会有一些酸楚和愤怒，心想她的儿女也太不孝顺了吧，竟然让老人出来卖东西。后来有一天，有人和我怀着同样的想法问她，老奶奶平静地说："自己的儿女其实非常孝顺，挣的钱也很多，只是自己闲来无事，摆摆地摊充实一下自己的生活。"虽然在常人看来，她赚的钱很微薄，受的苦也多，但是她的脸上却挂着笑容，她感到自己的生活是那样的满足。

我想，这就是那只猫为何捉老鼠的原因吧。

其实，那些津津有味地吃着鱼的猫，才是最可悲、最傻的猫。因为它们永远也体会不到，自己努力拼搏抓来的老鼠，才是天底下最可口的美味。

生命不等于是呼吸，生命是活动。

——卢梭

知识是流动的音符

我也不再像葛朗台那么吝啬与自私了，小时候那种拥有的满足感，已不再适用于成长中渐渐成熟的心灵。一些看过的书，都像一个个流动的音符，缓缓地、轻柔地从我们家飘到邻居家，从我们家飘到同学家，从我们家飘向更遥远的大山中、飘向更加需要知识的人家。

整理房间，发现很多以前看过的书和杂志，一大箱一大箱的，有的书页早已泛黄，有的书页被水泡得又鼓又皱。轻轻翻开，每本书上的第一页，都歪歪扭扭地写着我的名字。想起小时候，一旦买了书就急忙在扉页上用最工整的笔画认认真真地书写自己的名字，仿佛在进行一项伟大的工程。写完之后，轻轻地吹上几口气，等字迹干了，便开始翻下面的内容。

好像往商品上贴条码，在猪肉上盖一个紫色的章，给自己的书写上名字，毫无疑问就是在向外人炫耀——它是我的了。在小孩子的心里，那是多么大的一种欣慰与自豪！我一直延续这种习惯，毫不厌烦、毫不疲惫地进行这项工程。

可是渐渐地我发现，书读得越来越多，家里便放不下了。那些读过的书想送人，却又碍于签着名字而拿不出手，便将书成堆地摞成一摞，装入箱子，放到被人遗忘的角落里。那些书籍甘于寂寞，知识也凝固成了雕像，一动不动地在那里徒然地散发着光芒，直至被时间所磨灭。

我是在亵渎书本，是在亵渎知识神圣的灵魂！想到这里，我的后背冒出一阵冷汗。

的确是这样，书本或者知识，都是有生命的，你遗弃了它，它便不会再燃起生命激情的火焰，任时光飞逝渐渐变成了一具具干尸，仍等待着人们发现它的价值。在等待中失望，在失望中继续等待。

我开始用胶带纸小心翼翼地粘掉我的名字，轻轻地，生怕会破一个小洞，令原本完美的书页变得破损不堪。“呼啦呼啦”，我仿佛听到了知识的耳语，它们被唤醒了！重读旧书，任自己在波涛翻滚的书海中遨游，那些永远不会消亡的知识，又呼啦啦地重生起飞翔的翅膀。

用布轻轻擦干净，我看到了书本的微笑。那一尘不染的洁净的灵魂，在这个近乎肮脏的世界中，也只有好的书籍才会拥有吧！

向书本致敬，向知识致敬。我开始重新审视自己的行为，我为这种不负责任的举动感到羞愧不堪。

从那以后，我彻底改掉了自己的习惯，除了上学必带的课本和练习册需要写清楚名字外，其他的课外书，都令它保持完整的模样，饱满的姿态，只是必要的勾勾画画，还是如小小的配饰，令整洁的书本有那么些灵动的色彩。

我也不再像葛朗台那么吝啬与自私了，小时候那种拥有的满足感，已不再适用于成长中渐渐成熟的心灵。

一些看过的书，都像一个个流动的音符，缓缓地、轻柔地从我们家飘到邻居家，从我们家飘到同学家，从我们家飘向更遥远的大山中、飘向更加需要知识的人家。

一首好的乐曲，从古到今，代代相传。试想如果古时没有人赏识、弹奏它，或者疏忽大意，那么最终只会导致失传而留下遗憾。

知识是流动的音符，只有让书籍流通起来，才会将圣洁的灵魂带向更加遥远的明天。

生命是一条艰险的狭谷，只有勇敢的人才能通过。

——米歇潘

麻雀的窗边低语

人也是一样啊，给别人的施舍要适度，也要注意维护他的尊严，考虑他的成长，而不是作为自己虚荣心的发泄口，以为自己在做一件非常伟大的事情，殊不知这是毁了他的前途。

午后，我正坐在窗前的书桌旁看《小王子》，突然感觉耳边叽叽喳喳的有些吵。我一抬头，望见两只小麻雀在窗台上跳来跳去。好奇的小脑袋瓜一上一下，不停地摇晃着，看看对方又看看屋内，见到我的脸竟然没有害怕的神色，仍然叽叽喳喳地说着话。我想，如果我是小王子的话，就可以听懂它们的话了，那该是一件多么奇特的事情。

这两只可爱的麻雀穿着栗色的衣袍，头和颈的色彩更加浓厚，黑色的条纹像是装饰的衣带，摇着脑袋用黑色的圆锥状的喙轻轻啄着纱窗，有时还会卡在窟窿眼里，它往后一拔，险些站不稳，晃晃小脑袋。

母亲端着一杯水走到我的桌前，那两个小家伙倏地一下就飞走了。我大叫着怪母亲吓走了我的小可爱，母亲笑笑说，麻雀是有灵性的。我用疑惑的眼睛看着她，不懂这其中的意味。

母亲小的时候在农村生活，不懂事，经常掏鸟窝、捉蚂蚱、抓老鼠、用水淹蚂蚁洞……有一次听村里的老人说麻雀是有灵性的动物，她不信，偏要自己试一试。她拿来一个长木凳，踩在上面，将报纸揉成团，塞到房檐上的麻雀窝里，堵得严严实实的，然后大摇大摆地走了。麻雀妈妈回到家，看到自己的孩子被堵在了窝里，心里甚是着急，对着母亲猛追不舍，她这时才知道，原来麻雀能认出人啊！不仅能认出来，还对着她大叫大骂，声音急促猛烈，如上好膛的机关枪，在她的耳朵旁边连续不断地响着。

母亲被吵得不行，终于信了那句话，将鸟窝里的报纸拽了出来，仓皇而逃。麻雀妈妈这时才放过她。我能想象得到当时一个小女孩狼狈逃跑的模样。

从此以后，母亲再也不敢欺负小动物了。还有一切生灵，与我们人类共同居住在这美丽星球上的千千万万的有灵性的生物，它们都值得人们尊重，值得人们爱护，而不是作为人类的享用品或服侍的奴隶而存在的。

我提议在窗台上悄悄放一小撮米，等到它们再来歇息的时候，就可以让它们美美地饱餐一顿了。我正为这想法感到开心的时候，父亲走了过来，他摇摇头，拒绝了我。我再一次投去疑惑不解的眼神。

盛夏时节，各种昆虫随着树木一起疯长着，只要麻雀稍微努力，便能满足自己的一日三餐，不愁吃喝。而到了严冬，树木凋零，昆虫冻死，麻雀缺少食物才在垃圾桶旁逡巡，希望能填饱肚子，而不是过着吃了上顿没下顿的苦日子。那时候，才需要我们伸出双手，默默地关心一下它们。而此时，是需要它们自己振翅飞翔努力奋斗的，如果有人好心帮忙，则会暗中帮助它们养成懒惰的习惯，使它们丧失了拼搏的动力，好心也会促成坏事。

我若有所思地点点头。人也是一样啊，给别人的施舍也要适度，也要注意维护他的尊严，考虑他的成长，而不是作为自己虚荣心的发泄口，以为自己在做一件非常伟大的事情，殊不知这是毁了他的前途。

就像《高贵的施舍》中母亲做的令人不理解的举动，让失去一只手的

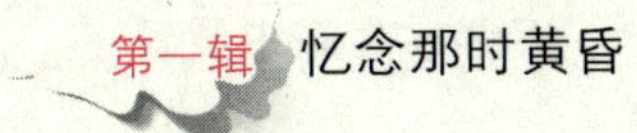

乞丐将砖从屋前搬往屋后，然后又从屋后搬往屋前，每一次劳动都付给相应的钱。这是充满了智慧之光的爱才能铸就的真正的施舍！

小麻雀在窗前的低语，引起了我们深深的思考。

我想，我终于能像小王子一样，听懂这其中的意味了。

>>>

我们只有献出生命，才能得到生命。

——泰戈尔

花苞更需呵护

人们都惊艳于绽放的鲜花，觉得应该用心呵护这种美。然而，更需要人们呵护的，恰恰是那些正在成长中的花苞，它们经受不住大风大雨，娇嫩而又柔弱，需要用人们的爱来浇灌。

她上小学的时候，有一位同学阿玉，从小患有小儿麻痹症，双脚萎缩，五个脚趾头团在一起，脚掌变形扭曲，无法正常走路。上学的时候，阿玉通常都是跪在地下，用双手撑地，一点一点匍匐前进，裤子经常磨到破了洞，补了又补，层层叠叠的各种样式的花布，却终究无法抵御沙石与水泥的打磨。

她很同情阿玉，每次都帮她交作业，帮她买水，替她打扫卫生，只要自己力所能及的事情，她都会毫无保留地帮助。阿玉很感谢她，两个人经常在一起聊天讲故事。

有一次去卫生间的路上，她看着阿玉的双脚，心里很疼很疼。她说，你一定会好起来的，你的双脚，是尚未绽放的花苞，待到积聚了天地间的精华，凝汇了雨露清香，一定能绽放出世间最美丽的花。

阿玉笑了，有两个酒窝若隐若现。

突然，一声惨叫，惊到了走廊里所有的同学。

李虎毫不留情地用自己的名牌运动鞋狠狠地踩踏阿玉的双脚，嘴里还发出冷笑，最美丽的花？我看狗尾巴花都不如！他丢下这句话，大阔步地走了。

阿玉默默地留下两行清泪。她上前，用手绢轻轻地擦去阿玉脚上的鞋印，将双手攥得骨节咯咯作响。

李虎是全校最有钱的同学，父母有权有势，这座小学都是他们家赞助的，所有的老师都怕他，渐渐养成了他专横跋扈的残暴。父母给他请了许多家教，各科都有，所以他的学习成绩非常好。班里的同学对他的行为又气又恨，可是谁也不敢吱声。

阿玉过生日那天，她给阿玉买了一条粉色的裙子，阿玉第二天套在裤子外面穿到了学校，整个人一下子变得精神亮丽了许多。阿玉拉着她的手，笑得很开心。

你以为你是美人鱼吗？李虎突然走到了她们前面。美人鱼还有漂亮的尾巴，你不过就是有一双畸形的脚！

啪。

她不知道自己从哪里来的勇气，上去就给了李虎一巴掌。李虎愣住了，随即把她扑倒在地，两个人在地上扭打了起来。

阿玉无助地跪着，不停地喊着住手住手，眼泪大滴大滴地落在粉色的裙子上面，氤氲了一片。

教导主任及时赶到，制止了这场架。但是，她被开除了。

意料之中，惹了李虎，就真如羊入虎口，难逃一险。

她背着书包离开的那一天，没有掉一滴泪，她狠狠地说，老天有眼，他总有一天会得到报应的。

阿玉只是一直摇头，眼泪扑簌簌地落下，溅得一地尘埃开花。

没有了她的保护，阿玉常常被人欺负羞辱，终有一天，她得知阿玉服毒自杀的消息。那时她正在看一本童话故事，妈妈的话还未说完，书就掉到了地上。

风将那一页吹开，上面写着：恶魔终于被骑士杀死，森林从此一片安宁。

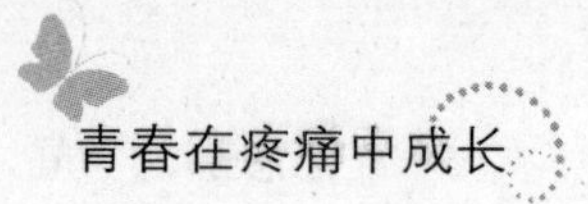

之后的事情，是她同学告诉她的。李虎顺利地升入重点初中、重点高中、重点大学，读博士，出国深造，最后继承了父亲的家业，成为举足轻重的富商名流。家境如此之好，生活如此富足，所有的光环都在他的头顶盘旋，散发着耀眼的光芒。

可是有一天，他驾着高档轿车在高速公路上行驶，一辆大型砂石车就在这时闯入他的视野。醉酒越道的卡车横冲直撞，顿时，车头被毁，他被卡在驾驶座上，下身一片血肉模糊。他昏迷前，透过碎了一地的窗户，仿佛看到穿着粉红色裙子的阿玉，坐在卡车上，摇晃着双腿，还有那双萎缩的脚！

她去医院看望他的时候，遇到了许多小学同学，当年阿玉被欺负的一点一滴，都重新浮现在脑海中，挥之不去。李虎以前那份威风、那份骄傲、那份跋扈，和眼前病床上紧闭双眼被判成植物人的他，判若两人。她们拉着的手攥出了汗，哭了好久好久，不是为他，而是为阿玉。

不知道，她是否来过？

她给我讲完这个故事的时候，我的后背紧了一下。心中惋惜的同时，也在思考一个问题。比我们弱小的人很多，他们需要在困难的时候得到别人的帮助，哪怕是微不足道的小事，也是会令人感激一辈子的。而如果趁人之危，在别人没有防备的时候捅上一刀，鲜血一定会迸溅在你自己的脸上。

人们都惊艳于绽放的鲜花，觉得应该用心呵护这种美。然而，更需要人们呵护的，恰恰是那些正在成长中的花苞，它们经受不住大风大雨，娇嫩而又柔弱，需要用人们的爱来浇灌。

如能善于利用，生命乃悠长。

——塞涅卡

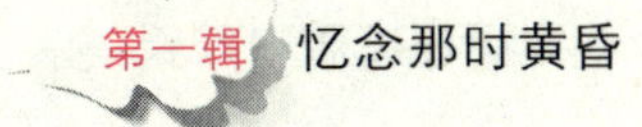

大漠里的海市蜃楼

而沙尘暴越肆虐雨，就会有越多的人被污染，他们的心灵早已不属于自己，而是属于金钱，属于功名，属于享乐。

我独自一个人行走在茫茫的沙漠中，耳边是呼呼的风声，沙砾打在脸上生疼生疼的。我冲地上吐一口嘴里的沙子，突然感到喉咙像冒了火一样。我抬头看天，竟也是灰蒙蒙的，天地浑浊成一片，颠倒了上下，颠覆了世界。迈着沉重的步伐，茫然地不知道自己旅途的尽头。突然，远处出现了一片树林，翠绿翠绿的、油油的叶子，湖泊泛着点点晶光，天空湛蓝，透明的那种蓝色，看得人的心都清爽起来了。

我向远方奔去，却跌倒在沙中、我不顾一切地爬起来，然后向那美好的地方奔去，那里才是春天！可我再一次吃了满嘴的沙子。反一瞬间，天边的景象就消失了，漫漫黄沙铺天盖地向我卷来，我还未来得及尖叫，便被吞噬了。

醒来，我的额头湿了一片，听到窗外传来鬼哭狼嚎般的风声后，我才知道自己做了一个可怕的梦。

我来到窗前，清晰地听到沙子打在玻璃上的声音，啪嗒啪嗒，令我一

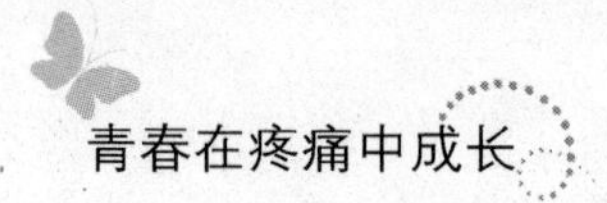

度想起下雨的时候。那时雨也是这样，啪嗒啪嗒地打在窗户上。只是雨水过后，玻璃变得更加明亮，而沙尘暴过后，玻璃变得更加昏暗罢了。

我听到有人家玻璃破碎的声音，心里一紧，生出些许怜惜。我祈祷那些小鸟和流浪猫们能有一个安身的地方，那些街上的乞丐们可以找一个避风的场所。我在黑暗中看到大树的轮廓，那是门前一棵很大的梧桐，枝叶繁茂，遮风挡雨，为这个院子里的人们默默服务着。平时刮风下雨，它纹丝不动，俨然一位傲然挺立的战士。可此时，我真实地看到它在冥冥的黑暗中张牙舞爪的样子，疯狂地向这个世界发泄自己的仇怨。

我喜欢春天，可印象里的春天，并不是这样的。它的主色调一定是绿色，无论是深绿还是浅绿，无论是墨绿还是淡绿，无论是黄绿还是蓝绿，只要提起绿色，就一定是春天的代表。春天，小草泛起了嫩绿，柳枝冒出了绿芽，麦苗也在返青，城市好像脱下了白色的外套，一点点袒露出绿色的衬衣。而现在的春天，已经被黄色所取代，越来越频繁的沙尘暴弥漫在这个城市的上空，将原本长出绿色的新叶，也蒙上了厚厚的黄色的灰尘。

这个社会中，又有多少人，没有被功名利禄蒙上厚厚的灰尘？

他们不再绿得那么透明，那么纯粹了。

而沙尘暴越肆虐，就会有越多的人被污染，他们的心灵早已不属于自己，而是属于金钱，属于功名，属于享乐。

我走在沙尘暴肆虐的城市，仿佛走回了梦中的大漠，耳边是呼呼的风声，沙砾打在脸上生疼生疼的。

我抬头看天，灰蒙蒙的一片，突然，我仿佛又看到了大漠里的海市蜃楼，那个真实的又不真实的春天，那若即若离的绿色的春天……

寿命的缩短与思想的虚耗成正比。

——达尔文

忆念那时黄昏

然而希望越大失望越大，梦想有时是那么的不堪一击，只一串数字便可以毁灭之前的无数念想。当你发现一切努力都已白费，上帝似乎不怎么垂青于你，帮你关上了门，还轻轻地锁住了窗户，你被关在一个闭塞的屋子里，像被黑暗笼罩时的压抑，像黄昏袭来的儿时的恐惧感，仿佛时光倒流，你回到了那个颟顸可爱的年纪，对一切都宠辱不惊，因为你不懂，活得简单而且自在。

黄昏是美好的也是凄凉的。

夜幕逐渐低垂，太阳早早回了家，只留下一抹赤红的霞挂在天边，孤独如同孑然站立在废墟上的我。在旁边高楼的影子下，黑暗压抑着全身，像身处充满压力的水底，无法呼吸。

不知不觉又走到了这里。被推土机推掉一半的房子，露出了钢筋水泥，像一副没有血肉的躯壳。一个个突兀的大黑洞，像一张张血盆大口，吞噬着童年与欢笑。

忆念儿时的黄昏，不论哪一个季节，黑暗总是像一只无形的大手，驱赶着我们，哪怕手上沾满过家家用的泥巴，哪怕用红色砖头磨“辣椒面”正火热，哪怕躲在安静的墙角等待捉迷藏的伙伴喊放羊，都会不顾一切地急急忙忙往家跑，仿佛黄昏是那么的恐怖，慢一步就会被黑暗这个张牙舞爪的怪兽抓到它的老窝里饱餐一顿。

那时拉着好友的小手，顾不上被风吹起的裙摆，没注意地上的石头，就那么猝然地摔倒了，膝盖被磕得流了很多血，我的眼泪瞬间淌了出来，却还是一瘸一拐地奔向家的方向。

到了自以为安全的地方，便呼呼大喘气，庆幸自己躲过了一场可怕的灾难，膝盖上的疼痛也被喜悦所湮没。那时的黄昏，充满了冒险与惊悚的元素，充满矛盾，既让人害怕又让人期待。

长大了一些，便爱上了黄昏，那是一个言情小说中男孩向女孩表白必不可少的场景。一抹淡淡的残阳，如血般，像爱的热烈奔放。

常常呆坐在院子中，幻想有一天白马王子会从天而降，踏着沾染了夕阳红的云彩，拉起我的手。可我还是一个留着蘑菇短发的女生，穿着肥大的校服，捧着一本书在窗前大声地朗读，黄昏静悄悄地来了，先在书页上投下渐渐暗淡的光线，字迹变得模糊不清，周围像笼着一团黑色的烟雾，凄凉的暮色便压了过来。突然抬头看到了对面阳台上站着的邻家男生，忧郁地用手托着下巴，发梢被风吹得遮住了双眼，目光仍望着远处的夕阳，赤色的霞。竟觉得此刻的自己，宛如童话故事中的女主角，守着心里小小的幸福，全然没有儿时对黄昏的恐怖。

如今的大院子早已不在，一幢幢越拔越高的大楼，挡住了黄昏的夕阳，挡住了那时的臆想，只留下无尽的怀念。怀念那棵古老高大的梧桐树，两个小伙伴手拉手，才能将其抱住，犹记得小蚂蚁误以为我们是新生的枝干，调皮地跳到双臂上，扯着汗毛，像在进行一场拔河比赛。

我踏着断壁残垣，一深一浅地迈着步子，走到那个大洞前。被连根拔起的梧桐，他会痛吧，他会哭泣吧，他会被运往一个未知的地方，对于年迈的他来说，那是多么大动干戈伤元气的事情啊。我双手合十，为他，和他所养育的一切小生灵，那是麻雀的窝，蚂蚁的洞，毛虫的家，祈祷。

每一个年轻人都有故事，每一个年轻人都有梦想和追梦的力量，那是充满热情的时光，为了心中的一个目标流着汗拼着劲，如同火焰一般的生活，抛弃了一切幻想，只来燃烧自己的生命。

然而希望越大失望越大，梦想有时是那么的不堪一击，只一串数字便可以毁灭之前的无数念想。当你发现一切努力都已白费，上帝似乎不怎么垂青于你，帮你关上了门，还轻轻地锁住了窗户，你被关在一个闭塞的屋子里，像被黑暗笼罩时的压抑，像黄昏袭来的儿时的恐惧感，仿佛时光倒流，你回到了那个颟顸可爱的年纪，对一切都宠辱不惊，因为你不懂，活得简单而且自在。

曾经每天清晨对着镜子里的自己喊过的豪情壮语，曾经望着满天星辰站在走廊里背着政治课本被风吹过的孤独，曾经一圈一圈沿着跑道努力让头脑变得清醒的奔跑，曾经以为一切都会如火焰般热烈燃烧，但如今看到的只是一团烧焦的柴草，烧成灰烬的渣滓被风一吹，就轻而易举地飞啊飞啊，飞到了眼里，流出了泪。

坐在废墟之上，黑暗完完全全地来了。黄昏已过，黑夜来临。时间他不听你的话，从来不听，无论你有权有势，无论你美貌帅气，他是最公平的，沿着自己的轨道，迈着猫步，屁股一扭一扭，让人既爱又恨。

追求的是越来越高的楼，羡慕的是香车美女，物质的浮云在人们头顶飘荡，似乎伸手就能够到，但那其实是海市蜃楼般的幻影，而我们踩着的大地，凝聚一切精神的精华，被灌输着智慧之光，又有几人注意过呢？

曾看到一个笑话，人生就像乘坐一路公交车，途径医科大，羡慕学历；路过市政府，羡慕权力；开过北国商城，幻想繁华；经过南三条，渴望发财；最后到了维明街依然雄心勃勃……这时，车上有个声音飘然入耳：前方停车站——烈士陵园。顿时醒悟人生苦短，何不淡然！

黄昏是美好的也是凄凉的。

或许，我们忘记了，黄昏过后是黑暗，黑暗过后是黎明，曙光一直都会有，只不过需要经过漫漫黑夜，你是否有勇气，是否耐得住寂寞，是否可以承担眼泪的重量？

忆念那时黄昏，我喃喃道。

珍惜生命就要珍惜今天。

——谚语

第二辑

妈妈等不起迟到的爱

她很爱笑，每次笑起来，眼角边的鱼尾纹都像盛开的花朵。就连她生气的时候，都是那么和蔼，永远没有电闪雷鸣的暴风雨，而是和风细雨。微风吹过，烦恼就飘散了。

姥爷，一路走好

那些曾经以为会永恒的画面，那些曾经以为还有很漫长的路，那些曾经以为还来得及珍惜的亲情，仿佛像一个个虚幻的泡泡，啪啪地一个接着一个破灭了。

在我的印象里，姥爷一直是高大魁梧的，他身体很好，也很少生病。每逢过节，他必定会在饭桌前喝上几杯，他喜欢谈论政治和军事，每每聊到开心处，总是爽朗地大笑，露出一口整齐的牙齿。那个时候，我总会沉浸在家人团聚的幸福之中，觉得我们的生命是那么漫长，我们还有很多时间可以珍惜。

小的时候，我最爱去姥姥家。姥爷知道我爱吃鹌鹑蛋，每次都戴着老花镜，用不怎么灵活的手，帮我一颗一颗把皮剥下来，虽然费事，但他还是一直坚持。他的眼睛不好，每次问我剥得干净不干净的时候，我都会使劲地点头，虽然，我每次都将没有剥掉的壳偷偷扔到桌上。因为我知道，看到我开心，姥爷才会感到欣慰。

姥爷喜欢带我去早市，他总是让我站在他的右边，紧紧地拉着我的小手，生怕我弱小的生命出现危险。他的手宽宽的大大的，即使是在寒冷的冬天，只要在他的手里面，也是温暖如春。遇到我喜欢的零食，我只需轻轻拽一拽，他便立马帮我买下来，我舔着棒棒糖，心里乐开了花。

渐渐我长大了，文章陆续在报纸杂志上发表，姥爷总是用手抚摸着我的头，说要继续努力。他拿着笔，在我的文章上圈圈画画，一脸认真，像小时候他教我写字时，我趴在小板凳上的样子。

突然有一天，姥爷说他肚子里面长了一个瘤子，去医院一检查，才发现得了癌症。由于姥爷年事已高，手术切除风险很大，只能保守治疗。药物的反应让姥爷健壮的身体一天比一天瘦弱，病号服在他身上松松垮垮的，仿佛风一吹，就会跌倒。

癌症，这个可怕又可恨的词，我将这两个字用铅笔写在纸上，然后使劲地用橡皮擦，我想将它永远地消灭，永远地消失在这个世界上，可是怎么也擦不干净。刺啦一声，纸破了一个大洞，我的泪也跟着掉了下来。

初冬的风很大，树叶刷刷地往下落。天，好像一下子就冷了。

姥爷的癌细胞迅速扩散，比想象中要快得多。当我看姥爷的时候，第一次这么强烈地感受到死亡的气息，他的脸干瘦、枯黄，苍白无力，颧骨高高地突起，张开嘴费力地呼吸着。

他说话含含糊糊，连妈妈也听不清了，好像小时候牙牙学语的我，一遍又一遍地重复着说过的话。

姥爷被疼痛折磨得直呻吟，一声声仿佛利剑般戳入我的心中。出了医院，我强忍的泪水喷涌而出。

过了不到一周时间，那天仿佛预感到了什么事似的，天格外得阴，冬天的冷风呼啸着穿过这座灰色的城市，雾大得使人看不清前方的路。

从来没有受过伤的我，在第一节课做实验的时候，不小心被铁架台烫伤了手，手指起了两个大泡，我的泪像此时哗哗的流水，顺着脸颊一直流进了脖子。后来才知道，大概十分钟后，姥爷就离开了人世。

最后一节的作文课上，老师出的题目是《我想握住你的手》，关于姥爷的回忆就如潮水般涌上心头，我写着写着，泪水就打湿了墨迹，氤氲了

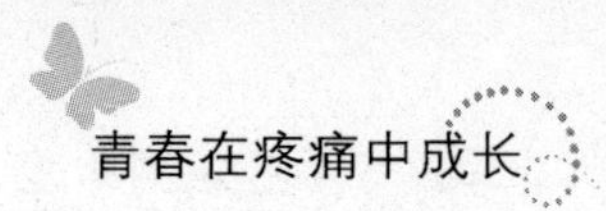

一片蓝色。我换了一张纸，一气呵成，洋洋洒洒的，写了满满一大篇。

我想握住你的手，给你温暖和力量；我想握住你的手，为你撑起生命中最后一片天。

中午回到家，喊了半天，也不见有人给我开门。我的心脏突然跳得快了，我赶紧用钥匙打开门，飞快地冲进家里。

桌子上是一盒泡面，和一张纸，上面是爸爸写的字——

你姥爷不行了，我去医院办后事。

然后我大脑一片空白，瘫在地上，哭出了声。

姥爷真的再也不能帮我剥鹌鹑蛋了，再也不能拉着我的手一起去早市了，他再也拿不了笔在我的文章上圈圈画画了。

那些曾经以为会永恒的画面，那些曾经以为还有很漫长的路，那些曾经以为还来得及珍惜的亲情，仿佛像一个个虚幻的泡泡，啪啪地一个接着一个破灭了。

只留下我一个人坐在冰冷的地板上，任泪水淌成了河。

后来听妈妈说，姥爷走的时候很平静，没有丝毫的痛苦。血安静地从嘴角流出，没有呻吟和挣扎，仿佛还有一丝微笑挂在嘴边。

一整天，雾都没有散去，我想那是老天爷在人间凝成的泪滴吧！

善良的人，就算到了天国，也会永远幸福。

姥爷，一路走好。

人生包含着一天，一天象征着一生。

——谚语

盛夏，有你腼腆的笑

你曾将我们每个人上交的几张卷子都订成一沓一沓的，我不知道，这需要你按下多少次订书机，不厌其烦。你曾在每个人的本子上写上加油，写上一句鼓励人心的话。你画的一张张光照图，幻灯片上大大的太阳，还有一只下蛋的母鸡，抑或是壮观的断层和褶皱，都深深地刻在我们每一个人的心上。

一年前，高三提前开学。仅仅十天的假期之后，我们又顶着夏天奔放热烈的阳光，穿过梧桐树交织的影子，鼻尖上是大滴的汗珠。坐在椅子上，一边抱怨这么热还要补课，一边用书使劲地扇。

就在这时，你轻轻地推开门。

我依然记着，你穿一件白色的短袖衬衣，米色的西裤，用手轻轻扶了一下黑色的镜框，脸上露出一丝腼腆的微笑。

扇扇子的手突然停在空中，倏忽间，空气中一片清凉。

“大家好，我是新来的地理老师，高三就由我来教。”你走上讲台，咳嗽了一下。

然后是长时间的掌声。毕竟这是文科班唯一一位男老师，女生看起来都异常的激动与兴奋。

我们班的地理成绩一直很差，对于我，地理更是每次拖后腿的那科。后来在我们的再三请求下，终于换了一位老师。

“我不知道你们以前的成绩怎样，我只希望，在高三这一年中，你们能够在地理上有更大的进步。”

这正合我心意，从前的成绩忘了吧，然后以一个全新的面貌出现。

于是我开始努力了，一下课就冲到讲台，第一个问问题，你总是很细心地讲，我的地理基础差，你把题中涉及的小知识点都在书上标得一清二楚，便于我下课的查阅与复习。我发现，你的眼睫毛那么长。想到这，脸突然很红很红。

后来我们叫你“睫毛哥”，一下课，女生之间开始八卦，猜你的年龄，猜你的生日，猜你有没有女朋友，猜你有没有结婚。等你一进班，我们立马乖乖坐好，双手在桌子上摆正，互相偷偷地笑。

有时候，在校园里看到你骑着单车，载着一位长发飘飘的姐姐，开心地说着什么。我们猜，那一定是你的女友了，那么有气质。然后互相编织你们的美好故事。我的心里竟然有微微的失落。

你很高，走路的时候，身子微微向前倾。有本书上说，这样走路姿势的人，是温柔体贴的。

窗外的蝉声拖着长长的尾音，你的声音和“知了知了”的声音混杂在一起，互相抗衡着，虽然你的声音并不占优势，但我们还是很清楚很认真地听到，第一次月考，我们班地理成绩年级第一。

“都超过重点班啦？哇塞！”我们真的创造了奇迹，那一刻，我看到你的脸上露出了灿烂的笑，像讲台上盛开的百合花。

那是我从未祈求过的最高的一次分数，你在班上表扬了我，在你的心目中，我一定是最棒的。我在日记中写下：谢谢上天安排了你，来到我身边。

冬天安安静静地来了。

大大小小的考试令我们不堪重负，加上地理复习的是地球运动部分，每天对着地球仪琢磨经线纬线，画了无数个圆琢磨光照图，拿着水瓶绕着地球仪转，想象地球与太阳、月球与地球的关系。从高一就没搞懂的知识，到这里仍是一头雾水。我本来就是个没有理科思维的人，那一阵子真是榨干了我所有的脑细胞。

你上课的时候，班里失去了往日的活跃与欢笑，只剩下死气沉沉的令人恐惧的寂静。你对着一双双瞪得大大的水汪汪的充满雾气的迷茫的眼睛，说了许多鼓励的话，你说高三最困难的就是这一阶段，只要过去了就会好的，你说冬天来了，春天还远吗?

你没有放弃，一遍一遍地在黑板上画图讲题，然后问我们听懂了没有，我们摇摇头，你又重复刚才的动作语言，有时候，就这样一节课就过去了。

课间和自习课，你常常都被一群人围着，讲题的声音渐渐沙哑，嘴唇也泛起了白色，可是你从来不说累，即使最基础最简单的问题，你依然耐心地讲，一遍又一遍，直到我们全部弄懂。

还记得那一次，你讲完题，揉揉酸痛的腰，然后走到我的桌子前。

“最近状态不好?”你关心道。

我点点头，然后摊开练习册，一道一道地问。

不知过了多久，你开始不停地咳嗽，你说我去喝点水，转身离开了。

我望着你的背影，还有似懂非懂的题，趴在桌子上哭了。

那一个多月，我几乎天天以泪洗面。地理考试，我们败了。意料之中，我的成绩更是惨不忍睹，现在想想，这是我得过的最低分了吧，五十五点五，真是呜呜呜。

我不敢再去问题，不敢再面对你的目光，我彻彻底底地输了，也不再是那个让你骄傲的学生了。

你说，你知道这需要时间，我们基础差，题出的又难，这是很正常的，不要有心理负担。然后你让每位同学总结错题，再写上反思。

那次的反思，我写得比错题还长。我说，有时候我觉得自己的地理成绩与别人差得太远了，地球运动的漏点从高一一直积累到高三，现在像座大山一样压得我喘不上气，如果不是换老师，也许我会一直迷茫下去。这次考试才是我的真实水平，其实我挺笨的。

最后还画了一个吐舌头的笑脸。

其实那个时候根本没有笑，我是欲哭无泪了。

后来，你说，到了大型的综合考试，应该会好一些。你的支持与鼓励给了我勇气，我的成绩也慢慢稳定了，偶尔有几次失误，你也会耐心地找我谈话，帮我分析问题，我的信心，在一点一点增加。

冬天过去春天真的到了。短暂的春天还没来得及看花开，夏天的闷热又让我们换上了短袖。

高考前的一个晚自习，我在走廊遇见了你，“我还记得，你曾经写过，你的基础不好，所以我一直都挺关照你的，现在，你的成绩也比以前好了很多，高考没问题的。”

我站在那里，挠挠头，不好意思地笑了。

原来，那些话，你还记得。

六月五号的下午，各科老师讲最后的注意事项，我看见你轻轻推开门，身子微微向前倾，大踏步地走到讲台。手里什么也没有拿。

你一会儿摸摸板擦，一会儿整理一下讲台上散落的卷子，一言不发。

我们开始笑，早就知道，你一紧张，就爱沉默，然后嘴角露出腼腆而青涩的笑。

“刚才我一直在门口坐着，想最后一次给你们说点什么好，想了半天……”你顿了顿，“还是什么都没想出来。”

“哈哈哈哈哈……”

“我跟你们说点特别的东西吧，你听我的口音，能猜出来我的家乡吧，我是东北人，02 年参加的高考，比你们大整整十岁……”

“好年轻啊……”

“也许是缘分吧，我成了你们的老师，虽然相处只有一年，但是有很多美好的回忆，我有个亲妹妹，和你们差不多大，所以，看到你们，就像看到我自己的妹妹一样。”

你絮絮叨叨地说了很多家常话，我们班的笑声，在整座教学楼回荡。

讲完后，你穿过一排排的桌椅，走得很慢，时不时地扭头看看我们，脸上仍然是那腼腆青涩的笑容，我们班的掌声一直送着你离开教室的门。

大家都在笑，我却默默地流着泪，一想到我们再也见不到面，心里就像少了些什么。

你关上门的一瞬间，回忆被惊醒，许多你留下的细节，在这个夏天膨胀。

你曾将我们每个人上交的几张卷子都订成一沓一沓的，我不知道，这需要你按下多少次订书机，不厌其烦。你曾在每个人的本子上写上加油，写上一句鼓励人心的话。你画的一张张光照图，幻灯片上大大的太阳，还有一只下蛋的母鸡，抑或是壮观的断层和褶皱，都深深地刻在我们每一个人的心上。

你说，看到我们，就像看到你的妹妹。

而我们长大了，毕业了，各奔东西了。

但我们依然记得，盛夏，有你腼腆的笑。

谁能以深刻的内容充实每个瞬间，谁就是在无限地延长自己的生命。

——库尔茨

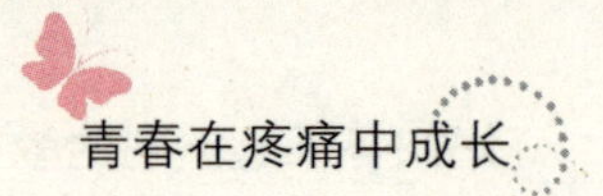

那一抹红色

如果有人问我，母爱是什么颜色，那我一定会毫不犹豫地告诉他，就像是我妈妈穿的雨衣的颜色，鲜艳的红色，炽热的爱。

酷热的夏日里期盼已久的大雨，今天终于下了，“啪嗒啪嗒”地砸在窗户上，顺着玻璃轻轻地滑落。远处几朵不知名的小花，厌倦了强烈的阳光，伸长了脖颈努力地吸收从天而降的甘露，满足地望着天空微笑；小鸟在宽大的树叶的缝隙中跳来跳去，像是在找一个干燥舒适的地方休息；房顶上有一只白色的流浪猫，在雨中静静地漫步，边走边轻轻地低吟，还不时摇晃着滴落在身上的雨水。

这雨下得多么不合时宜，因为今天是妈妈的生日。她穿上红色的雨衣，然后叮嘱了我几句就去上班了。透过窗户，那一抹红色渐行渐远，仿佛盛开在雨中美丽的玫瑰。

我看着自己肿了的脚腕，轻轻地挪动一下就会疼得叫出声，突然感到自己很没用，我不知道该如何庆祝，连礼物都没买，现在也没办法为她做点什么。我的泪水就无声无息地落了下来。

我躺在沙发上，眼睛看着天花板，除了淅淅沥沥的雨声之外，家里非常安静，安静到可以听得清我的呼吸。

很小的时候，也是这样一个雨天，我和小伙伴们在院子里玩耍，光着脚丫在水坑里蹦跳，溅的白裙子上全是泥点儿，很晚了也不知道回家。突然远方一个熟悉的身影叫着我的小名，是妈妈。她打着伞在雨里小心地走着，看到我浑身沾满了泥巴和雨水，竟没有指责我，只是让我赶紧回家洗了个热水澡，喝了一杯姜糖水，说这样就可以驱除寒气，不生病了，我乖乖地点了点头。我还记得妈妈那时欣慰的微笑。

前几天，中考完后，我和妈妈去学校填志愿，她排着队向老师咨询，那瘦小的身躯在人群中快要淹没，我突然有种爱怜的感觉。不知不觉间，我的身高早已超过了她，我再也不用让她帮我拿高处的东西。她踮起脚尖，阳光下，她的额头有什么在闪烁。

我的脚腕又不争气地疼了，把我从记忆中拽了回来。我以为那些回忆早已变成了美丽的遗忘，谁知，此刻它们又跳进了我的脑海，像电影胶片，拼凑成一个个故事。

那天，妈妈耐心地往我的脚上抹着药，一边抱怨早点让你抹药你偏不抹。我疼得嗷嗷直叫，泪水在眼里打转。她说这点小伤算什么，又没有伤到骨头，要是残疾人就不活了。我的眼泪就这么咽了下去。她看着我的脚腕，那一片红色，心疼地叹了一口气。

我坐起来，望着窗外，等待那一抹红色，在雨水中绽放的玫瑰。

如果有人问我，母爱是什么颜色，那我一定会毫不犹豫地告诉他，就像是我妈妈穿的雨衣的颜色，鲜艳的红色，炽热的爱。

我们的生命只有一次，但我们如能正确地运用它，一次足矣。

——英国谚语

一夜长大

她想起自己总是嫌弃房子不够大，不够豪华，却永远不知道爸妈为了挣钱流下的一滴滴汗水；她记起自己为了一点小事和爸妈大吵大闹，摔碎刚刚擦干净的盘子，却永远读不懂爸妈因为心酸而掉下的泪水；她记起自己因为自行车不好骑，便说出希望小偷可以偷了去之类的话，却永远不能体会那一巴掌带来的无奈与失望。

她颤抖着手指输入了自己的准考证号，然后闭着眼睛等待奇迹的到来。可是她知道，奇迹是不会轻易地降临。“择校”二字，突兀苍白地刺痛了她的双眼。该用什么形容词来形容她当时的心情，激动而又担忧。

她又想起那天她爸喝醉酒后说的一句话，考不上就别上了，掏钱的事你想都别想！伴随着重重的摔门声，她愣了一秒，泪就缓缓地流了出来。她的同学，因为加了分便可以一分钱不交，她开始恨自己为什么不是少数民族的，为什么自己的爸妈不是华侨，为什么自己的爱好和特长不被人重视。她开始觉得这个世界其实很不公平，可又能怪谁呢。

她关掉电脑，忐忑不安地告诉了爸妈，就扭头回到了自己的屋里。然后她倒在床上久久不能入睡，她不知道以后自己的命运会变成怎样，不知道以后的路该往哪走，她大脑一片空白。她听到爸妈在床上辗转反侧的声音，突然觉得很对不起他们，他们起早贪黑，每天辛苦地干着活，有时候回到家大汗淋漓，却一个累字都不提。

闷热的夏夜，让人喘不上气，身上黏黏的，她起身想去洗把脸，便悄悄下了床。她听到爸妈房间传来阵阵私语，她悄悄地贴着房门偷听，声音很小，但还是可以听个大概。原来，他们早已准备好了择校的两万块钱，他们无意中看到了她在本子上写下“铁公鸡，一毛不拔”的幼稚的话语。她顿时赧颜，羞愧地低下了头。

她回到床上时，脸上湿漉漉的，不知是汗水还是泪水。她下定决心，一定不会让爸妈失望，她要用努力来证明自己是对的。

她想起自己总是嫌弃房子不够大，不够豪华，却永远不知道爸妈为了挣钱流下的一滴滴汗水；她记起自己为了一点小事和爸妈大吵大闹，摔碎刚刚擦干净的盘子，却永远读不懂爸妈因为心酸而掉下的泪水；她记起自己因为自行车不好骑，便说出希望小偷可以偷了去之类的话，却永远不能体会那一巴掌带来的无奈与失望。

她永远也数不尽爸妈对自己的爱，永远也感激不完爸妈为自己留下的汗与泪。

她想着想着，闭上泪眼，睡熟了。

第二天，她起得很早，爸妈也刚起床，她穿好衣服对他们说:“我不想买房子了，现在房价太高，我也不要山地车，一会儿我把车子打打气，用布擦干净，还能骑上几年呢，手机也不用换新的了，又没有坏，能打电话就行了。哦，我去买早餐，你们不用做了。”说完，她就出了门。

爸妈一脸诧异地看着她，直到听到房门“咚”的一声关上了，才异口同声地说:“这孩子一夜之间长大了!”

生命不可能有两次，但许多人连一次也不善于度过。

——吕凯特

炝锅面里的父爱

一碗炝锅面，在我欣喜若狂的时候，是最好的奖励，没有大鱼大肉的油腻荤腥，没有奶油蛋糕的甜蜜缠绵，有的只是，那简简单单的清淡余香，提醒着我，看淡暂时的喜怒哀乐，看淡那些繁花似锦，接受枯叶落满一地的落寞萧索，那才是人生的大境界，宠辱不惊，心如止水。

窗外的又淅淅沥沥下起了雨，细长的绵延的，没有暴雨来得突然与激烈，就那么柔柔地洒了下来，一阵接着一阵。

父亲切菜的声音响起，咚咚咚地敲击着案板，熟悉的频率与节奏感，之后是翻炒的沙沙声，还有挂面下锅时的轻滑声，伴着窗外麻雀的叫声，组成了清晨最美妙的旋律。

我躺在床上安静地享受这一切，直到闻到清香的诱人的味道，才一个骨碌爬起来，急忙穿衣洗涮，然后坐在桌子前，望着这顿早饭。

干净的白色瓷碗里，是一根根细长的挂面，红色的泛着油光的汤没了上来，暖暖地包裹着面，像涨潮时被没过的细软沙滩。西红柿呈现月牙状，一瓣一瓣安静地漂浮着，像一只只红色小篷船，几片白菜环绕在周围，拉着手站成一圈。还有一小撮香菜点缀在最中间，散发着淡淡的清香。

简单的炝锅面里，是浓浓的父爱。他在一旁踱着步，安静得什么也没有说，欲言又止地看看我。我听懂了他的无言，便很高兴地大声吃了起来，一边吸着面，一边开心地说:“嗯，真好吃。”我看到他微微笑了一下，满意地走了。

沉默无言，是父爱最大的特点。不需要太多的话，但是一个眼神一个动作、一个嘴角轻微的颤动，都能传递出无限深意和说不完道不尽的关心与爱。

那天同学聚会，大家在KTV唱着歌，一首筷子兄弟的《父亲》听得我泪流满面。黑暗中，那几句歌词深深地刻在了我的心里:“时光时光慢些吧，不要再让你变老了，我愿用我一切，换你岁月长留。一生要强的爸爸，我能为你做些什么，微不足道的关心收下吧。谢谢你做的一切，双手撑起我们的家，总是竭尽所有，把最好的给我……”

一碗炝锅面，在我伤心失落的时候，轻轻地被父亲端上饭桌，带着爱的香气顿时令我忘记一切烦恼，那是一种神奇的力量，父爱的力量。无声的安慰，悄悄地如一朵花开的声音。一碗炝锅面，在我欣喜若狂的时候，是最好的奖励，没有大鱼大肉的油腻荤腥，没有奶油蛋糕的甜蜜缠绵，有的只是，那简简单单的清淡余香，提醒着我，看淡暂时的喜怒哀乐，看淡那些繁花似锦，接受枯叶落满一地的落寞萧索，那才是人生的大境界，宠辱不惊，心如止水。

父爱无言，也不需要那些华丽的表达，只一碗炝锅面，便道尽人生至理。

生，我所欲也；义，亦我所欲也。二者不可得兼，舍生而取义者也。

——孟轲

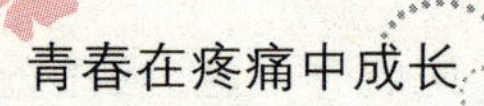

我们爱妈妈

我奶奶在三年前的母亲节突然对爸爸说，你好像从来没有给我过过母亲节呢。我爸笑笑。那年的秋天，叶子落了满地，奶奶走了。爸爸很后悔很后悔，没有陪她度过最后一个节日。

他哽咽道，要好好珍惜和亲人在一起的时光，否则后悔也来不及的。

母亲节这天，窗外刮起了呼呼的大风。我显得比平常更加羞涩，一直沉默着，在心里想好的那些祝福的话语，仿佛突然逃之夭夭，大脑变得一片空白，不知道该怎样迎接这美好的一天。

我总是在朋友或者同学过生日之前，就早已买好了礼物，一定要包装得很精美，看着很气派。

可是在母亲节这天，我却忘记了买礼物，总是打着时间不够用学习很忙的招牌，一次又一次地放过自己。过后才发现，原来时间过得真的很快，我们忽略了一些很重要的东西。

周日，母亲节，所有的妈妈都应该休息吧，她们在家里悠闲地看着电视，或者在商场购物大手牵着小手，和孩子度过一个愉快的假日。可是我的妈妈呢？她匆忙地吃完早饭，匆忙地打过招呼，匆忙地离开家去上班。她转过身，看着她匆忙的背影，我的眼睛就湿润了。我还是没有勇气说出那句——母亲节快乐。

窗外郁郁葱葱的大树，在风中优雅地起舞，仿佛在迎接妈妈的到来。她冒着大风，在路上使劲蹬着自行车。劳动者是最美的人，突然我感觉，她在我心里是那样的高大。

我坐在电脑桌前，听着音乐，想着该送给妈妈什么，突然发现自己竟然都不知道她最喜欢什么东西，最喜欢什么颜色。可是我却清清楚楚记着我偶像的爱好，包括他经常穿什么牌子的衣服。我脸羞得通红。

爸爸在母亲节前一天问我，知道明天是什么日子吗？我点点头。他说，你一定要好好给妈妈过节日，我想过也过不了了……

我奶奶在三年前的母亲节突然对爸爸说，你好像从来没有给我过过母亲节呢。我爸笑笑。

那年的秋天，叶子落了满地，奶奶走了。爸爸很后悔很后悔，没有陪她度过最后一个节日。

他哽咽道，要好好珍惜和亲人在一起的时光，否则后悔也来不及的。

我一边点头一边哭得不能自已。

我现在是高中阶段，周六补课，每天晚自习上到很晚，和父母在一起的时间屈指可数，将来又要高考，学习忙的更没有时间陪他们了。高考后短暂的暑假，又要忙着聚会，忙着收拾行李，去离家很远的地方上大学，一上就又是个三年。上班后，有的离家很远，一年才回一次家，甚至去国外工作，我们又有多少时间和父母在一起呢？答案当然可想而知。

但是我们竟然对这一切毫不在意，认为都是理所当然的。可当你看到父母在一天天地老去，看到自己的成就一天天地变大，事业蒸蒸日上，你要记住，你成功的速度在与你父母的生命赛跑。

好好对待自己的父母，不要让他们生气为你操心为你落泪，不要让他们因为你而多长一丝皱纹，多长一根白发。

我想了想，决定将这篇文章送给我亲爱的妈妈，送给养育我的妈妈，送给为我操劳一生的妈妈。感谢你对我写作的支持，感谢你为我所做的一切。我想这是送给你最好的礼物了。

“感谢上天，让我们身为你的孩子。独一无二的母爱，我们从未在别处得过。只有你，可以为我们舍弃生命。没有豪言壮语，只想发自内心地说一句——我们爱妈妈。”

我们爱妈妈！

生命的路是进步的，总是沿着无限的精神三角形的斜面向上走，什么都阻止他不得。

——鲁迅

女儿是父亲一生中最好的作品

记忆中父亲从来不哭，可是在看了我的文章之后，他却常常被感动得落下泪来，我的文章关系着他的喜怒哀乐，可是在现在的生活中，他少了很多我发稿的喜悦，多了些充满希望去看邮箱却空手而归的失望，又想起那句他常对别人自豪地说的话："我女儿就是我一生中最好的作品。"

往常的周日都是很晚才醒，今天却起了个大早，脑海中总是浮现着昨晚的梦，只有一个画面，是父亲的微笑。我才猛然想起，原来今天是父亲节，一定是天使向我托梦，怕我在繁重的学业中忘记了这个特殊的日子。

小的时候，听别人都叫父亲"作家"，我便好奇地问："作家是不是在家里坐着的意思？"父亲笑着拍我的头说："是啊，你要是以后也当作家，也能天天坐着。"我高兴地大声说道："我也要当作家！"这是我第一次有了人生的方向，虽然当时我并不知道这意味着什么。

父亲给我买过很多课外读物，在我整理屋子的时候还发现了一箱子的磁带，全是记忆中的童话故事，甚至现在还可以背出来一两句，我便是在这样的环境下长大的。

有一个作家父亲，其实并不是件完全自豪的事情，因为常常会被人误解，我的文章是不是有被指点过的嫌疑。记得小学的时候，老师留的作业是一篇关于父亲的作文，我写的是《爸爸和书》，后来被老师在班上当作范文朗读，同学们下课便问我："你作文写得这么好，是不是你爸爸帮你写的？"我没有想到，大家竟然这样想我，我理直气壮地告诉他们："根本就没有，爸爸只会写诗，他从来没有帮我写过一个字！"真的是这样，从小到大，他都是在用一种启发的形式来教育我，默默地在我的书桌上放一篇好的文章，让我自己学习模仿，进而一步一步创造出一段段美丽的文字。

父亲在我的印象中，是高大伟岸的，他一米八的个子，在我面前就像是一个英勇的骑士。他很开朗，和谁都能谈得很愉快，他总是喜欢剃光头，一点没有父亲应该有的严肃形象，每次开家长会，他都顶着一个剃得光光的脑袋，我们班的调皮男生都认识他，见了他就喊"光头大叔"，他也不怒，笑着说："给你也剃一个吧！"我在旁边赶紧拽拽他的胳膊，示意他严肃一些。

很多人都说，他剃光头的样子和主持人孟飞长得特别像，我们一家子便特意坐在电视机前看，"真的挺像的，"我说道，"只是他的脸比你的光滑白嫩多啦！"我随口一说，大家也一笑了之，事后我想想，当初真不该说这句话。

虽然父亲是作家，听起来很文艺的词，让人联想到的就是舒舒服服指着写书赚钱，可是并不是所有作家都有那么大的名气，可以以此来养家糊口，父亲的本职工作，还是一个普通的工人，他要坐两个多小时的公交车去开发区上班，起早贪黑，肤色也被炎热的阳光晒得很黑，脸上的皱纹，随着年龄的增长和对这个家的操心日益增多，我实在不应该以此作为噱头，他的一切都是为了我，为了这个家啊！

现在的我，已经不再是挂着鼻涕不谙世事的小孩子了，我渐渐闯出了一片属于自己的文学天地。

史铁生在《我与地坛》中说过，自己学写作的最初目的很大部分是为了让母亲骄傲，像他的作家朋友一样，出了名让别人羡慕他的母亲。这种想法，我也有。

我写作的目的是为了让我父亲高兴，让他每次看到我的文章被印成铅字之后，到处炫耀，脸上挂着自豪的笑。

我经常埋怨他:“你看看你现在都不写诗了，你什么时候能再和我一起去领稿费呀?”

他总是说那句他说过许多次的话:“你就是我一生中最好的作品。”我便不再言语，深知这其中蕴含着他对我无限的期待与浓浓的爱。

高中不同于以往，学业异常繁忙，加上我选择的是我最喜欢的文科，有许多东西需要去背去记的，老师总是对我说:“先把写作这件事放一放，努力考上名牌大学才是现阶段最重要的事情。”

我真的将文学这件事情搁置一旁，将那些约稿的消息完全忽略，只一心扑在学习上，我想通过这一年半的时间，拼出一个奇迹。父亲见了我这个样子，很生气，他不像别的家长，要求自己的孩子考试必争第一，他从来不认为考上清华北大的是人才，他告诉我一天不写文章就手生，以后就很难再继续了，而我已经好几个月没有敲过键盘了。

一直以来，我都经常做一个梦，地震过后一片废墟，我被压在一块预制板下，班主任拽着我的左胳膊，对我喊:“快点出来赶紧学习!”父亲拽着我的右胳膊，对我叫:“快点出来赶紧写稿!”学习与写作竟成了我生活中最大的压力，我知道这不是文字的错，而是我自己的错。

还记得那一天下了晚自习回到家，我说:“你们别看电视了，陪我说会儿话，我现在真的好累啊!”

那段时间的备战期中，每天像一台机器一样高负荷运转，希望在劳累之余能够听到父亲鼓励我的话语，可是我错了，我听到的是对教育的不满与抗争:“又不是我让你学的，你就学吧学成书呆子！考不上名牌大学就不活了是不是？非把自己累出病就好了!”

如果像往常，我一定会向他大声吼道:“你去找老师理论啊！我不是韩寒，不是郑渊洁，不是比尔·盖茨！我也没有考物理化学生物竞赛第一名被保送的能力！我不知道除了努力学习还有什么道路能让我在中国这样的教育体制下更好地生存!”

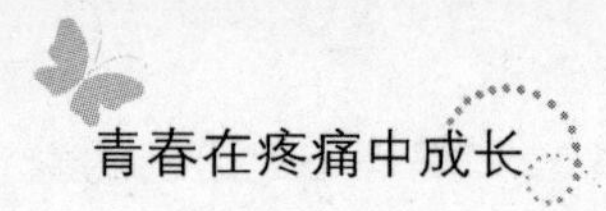

出乎意料，也许是真的太累了吧，我竟然什么也没有说，回到屋子里打开书，泪就安安静静地流了一脸。我只是觉得委屈，只是想要一句简单的安慰而已。我明白，他只是不想让我累着自己，不想让我放弃我的梦想。

平静之后，他会说："如果我也像别的家长那样逼着你学习，以你的叛逆性格，你还会学得这么努力吗？"原来他什么都懂，他宁愿被我误会，也不愿意给我那么大的压力，就像冰心说的："父爱是沉默的，如果你感受到了那就不是父爱了。"

青春期的我总是爱发火，几乎每天都会和父亲爆发一场"战争"，两个人谁也不退让，就那么僵着，可睡了一觉起来，又像亲密无间的朋友一般。我们两个像两只互相取暖的刺猬，无意中伤害着对方，动机是好的，可是方式不对，这就是我们哲学上讲的"矛盾的斗争性寓于同一性"中吧，越是最亲的人，往往是吵得最凶的人。因为爱，所以在乎。

记忆中父亲从来不哭，可是在看了我的文章之后，他却常常被感动得落下泪来，我的文章关系着他的喜怒哀乐，可是在现在的生活中，他少了很多我发稿的喜悦，多了些父亲充满希望去看邮箱却空手而归的失望，又想起那句他常对别人自豪地说的话："我女儿就是我一生中最好的作品。"想到这里，我已经泣不成声了。

今天，清晨的第一缕阳光透过玻璃窗，照在我的身上，我的手在键盘上来回敲着，这场景多么熟悉，我多久没有这种奇妙的感受了。为了让父亲高兴，简简单单的理由，支撑着我走在文学的路上。这篇文章是为父亲而写，是我在父亲节送给他的最好的礼物。

人生有压力不一定是坏事，有压力才会有动力。很多功成名就是逼出来的。

——方海权

我们永远等你

何老师，你看，我们一直给你留着一个位置呢，我们每个人的心中也都给你留着一个位置，等你有一天回来，我们一定认认真真地再听你讲一遍课……

高考后的那一天，天气格外晴朗，我们排好队，依次走进礼堂，那是最后一次集体开会，它的名字叫作毕业典礼。

伴着《感恩的心》的旋律，所有高三老师上台领花，我们每个人眼含泪水，是的，我们都知道，她没有来。

唯一一个缺席的老师，是教我们政治的何老师。

还记得刚进入文科班，第一次交的政治作业发下来的时候，她留下了一行清新隽丽的文字："很早就听说，你是一个才女，到了文科班，你一定会更加精彩。"正是这句话，让我突然充满了学习的兴趣，并且一直陪伴着我度过了高考。

她是一个很有细心与耐心的老师，从来都认认真真地听我们提出的每一个问题，直到我们都弄懂为止。下课的时候，她身边的同学围得最多，她常常是在上课铃响后一阵小跑赶到别的班。晚自习的时候，问题的人很多，她常常讲得嘴唇发干，声音嘶哑，我们都不忍心继续问了，她还是坚持，微笑着说，你们弄懂了才是最重要的。

她最常说的一句话便是："我的力量不够，大家要群策群力。"二轮复习的时候，她将重点热点一个一个写到黑板上，还总是说，你们不要迷信我，你们现在懂得比我还多。从来没有一副老师的架子，而像一个循循诱导的朋友，善于启发我们自主学习、自己思考。

我们是普通班，但是政治成绩常常超过两个重点班。何老师总是在重点班上政治的时候，像一个学生一样去他们班听课，认真做笔记，然后将知识毫不遗漏地教给我们，因此，我们管重点班的政治老师叫作师爷。

师爷常说，你们政治老师，是我见过的最善良的人。那段时间，是高三第一次全市统一考试，大家都很重视，可是何老师却突然离开了学校。后来我们才知道，她的父亲得了癌症。她回来的时候，我们的掌声经久不息，她突然像孩子一样地哭了，告诉我们，要好好珍惜与父母在一起的时光。

那是第一次见到她的眼泪，也第一次让我们懂得了一个很多人永远也理解不了的道理：我们追求的东西，往往最容易忽略的是亲情。

日子平静而充实，每天单调如一地学习，我们迎来了大大小小的考试，终于进入了总复习阶段。突然有一天，她匆忙地走进班里，告诉我们："以后有什么问题就问师爷吧，不要不好意思。"就又匆匆地出了教室，只留下一个背影。

我们不知道，那竟是最后一次见她。

后来去办公室的时候，看到她那张空荡荡的桌子，上面落满了灰尘。高考的紧迫感压抑着每一个人的神经，容不得大脑多想，继续奋战。

6月5号，离高考还有两天。最后一次上课，老师叮嘱考试事项，数学、语文、英语依次讲完，师爷大踏步地走了进来。

讲完了考试应该注意的知识点，他顿了顿，"你们何老师，天天惦记着你们，每天给我打电话，让我告诉你们该注意什么，我都记了满满的一大张纸。你们一定要好好考啊，为了你们自己，也为了何老师，更为了何老师的父亲！今天上午，何老师的父亲走了……”

那一瞬间，我们才终于明白，她是怎样将自己的心，残忍地分成两半，一半装着年迈病危的父亲，另一半，还要装下念念不忘的我们。

我们带着泪水，走向高考的考场。

毕业典礼上，教师代表寄语。“今天，很遗憾，还有一位老师没有来，”整个礼堂，瞬时变得异常安静。“她赶回自己的老家，为她已过世的父亲送葬……”

他突然转过身，将眼镜摘掉。那个曾经被我们评为最严厉的男老师，此时竟然哭了。而我们，我们班早已哭成了一片。

照毕业照的时候，我们依次走上板凳，抬头看看天空，阳光亮得有些刺眼。大树后面的窗户，是何老师的办公室，此刻，我仿佛看到了她低着头认真批改作业的样子，看到了她耐心给我们讲题的样子，看到了她精心在电脑上为我们制作政治提纲的样子……

何老师，你看，我们一直给你留着一个位置呢，我们每个人的心中也都给你留着一个位置，等你有一天回来，我们一定认认真真地再听你讲一遍课……

一二三，茄子。

我仿佛看到了，何老师梳着长长的马尾辫，一直垂到腰间的辫子，安静地坐在那里，憨厚地微笑着……

>>>

动则生，静则乐。

——杨万里

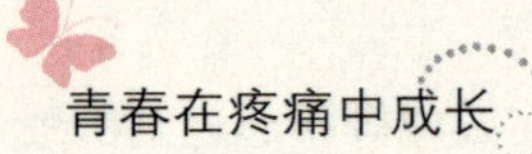

妈妈是没有翅膀的天使

有人总说，只要不做一个坏人就行了，好人难当啊！其实，在别人需要帮助的时候，为他送上自己的一份心意，哪怕看来很微不足道的东西，都能帮很大的忙。这无形当中就是一种善良，就是在做一个好人。

吃过晚饭，妈妈说家里液化气用完了，便打了一个电话。没过多久，楼下传来液化气罐与地面碰撞的清脆响声，妈妈打开门，走到楼道把灯打开，静静地等着。

进来的是一个大概三四十岁的中年男子，穿着蓝色的工作服，上面有些黑漆漆的油污，肩上扛着液化气罐，脸冻得通红，歪着头，往厨房走去。

换好气后，他问妈妈："这个瓶子还要吗？"

他指着放在地上的一个小桶，是装"高乐高"的，已经喝完了，于是就被人随手丢在角落里。

"不要了，不过这个也卖不了钱，你要有什么用吗？"妈妈说。

"就是盛东西，没有用我就拿走了。"他从地上捡起来，用袖子擦了擦。

"我洗洗吧，放的时间久了都脏了。"妈妈说道。

“不用不用，挺好的，呵呵呵……”他憨憨地笑着。

“我们家还有好几个，你都拿走吧，放着也占地方。”妈妈从橱柜里拿出来三四个，都是洗干净的，装在一个塑料袋里，递给了他。

“谢谢，谢谢，太感谢了，找了半天，终于有用来吃饭的东西了……”他抱在怀里，仿佛是一个个贵重的宝贝。

“吃饭用啊，不用饭盒吗？”妈妈疑惑地问。

“饭盒都坏了好几个了，不买了，这个就挺好。”他不好意思地笑笑。

“我们家饭盒挺多的，给你一个吧。”说着，妈妈翻出来一个塑料饭盒。

“那谢谢啊，太好了，呵呵呵……”他开心地笑着。

“有点小吧，盛不了多少饭，还有一个大的呢，就是一时间想不起来放哪里了，你看我这脑子，哎！”

“不小不小，挺好的！”

“要是还有需要就过来拿啊！”妈妈笑着说。

“谢谢！太好了，呵呵呵……”他扛着液化气罐，一脸的满足与幸福，我看到他黝黑的脸庞，露出了白白的牙齿。

妈妈把门给他打开，把楼道里的灯也打开。

“慢走啊！”

“谢谢，谢谢！不用送了，回去吧！外面冷！”男人一边下楼一边回头，眼睛里满是感激。

直到听到车启动的声音，妈妈才走进客厅，嘴里还在说着：“哎呀，应该给他一个大点的饭盒，就是，干体力活的人都要吃得多一些。”

我一直静静地看着，心里充满了感动。

眼前浮现出那个男人，在送气的间隙，坐在台阶或车上，捧着妈妈送的饭盒，吃着香喷喷的饭菜，脸上洋溢出那朴实憨厚的微笑，是幸福的感觉。

妈妈信佛，不杀生、不吃肉，没事就在家里看佛经。她经常教育我，做人要善良。家里看过的旧杂志旧书，我们家都会捐给希望小学，穿小的旧衣服，也都捐给那些贫困的山区。这个社会有许多需要我们帮助的人，他们有时吃不饱穿不暖，很节俭地生活，常常将我们废弃的东西视为珍宝。我们应该尽自己的一份力量，为他们解决困难。

有人总说，只要不做一个坏人就行了，好人难当啊！其实，在别人需要帮助的时候，为他送上自己的一份心意，哪怕看来很微不足道的东西，都能帮很大的忙。这无形当中就是一种善良，就是在做一个好人。

妈妈在灯光下显得那么慈祥，嘴角总是扬起微笑，像一个没有翅膀的天使，充满了爱与温暖的光芒。

如果人人都做一个没有翅膀的天使，那么就算是地狱，也会变成天堂。

生命如流水，只有在他的急流与奔向前去的时候，才美丽，才有意义。

——张闻天

难忘师恩

她还是那么美丽、那么年轻，像那小红花一样坐在我们中间笑着，她看着长大了的我们，不禁感叹时光流逝，可我们知道，我们在她的心目中，永远是一群长不大的孩子，需要她的爱与教诲，来扶持我们长大成人。

窗外淅淅沥沥的雨，落在这座城市，发出好听的沙沙声。有几只小麻雀飞到窗台避雨，叽叽喳喳地聊着天，说着我们听不懂的语言，小脑袋不时地晃来晃去，样子甚是可爱。

我坐在椅子上，整理我的书本，无意中看到了几个卡通日记本，我轻轻翻开已经有些破损的封皮，歪歪斜斜的文字映入眼帘，语言是那么的稚嫩，插画也很随意，现在看来并不是很美观。李老师的红对勾那么耀眼，批语满含鼓励之意。下雨天总是会勾起我的回忆，往事在大脑中翻江倒海，如昨日般清晰可见……

李老师是我小学的班主任，她总是扎一个乌黑亮丽的马尾辫，戴着一副金边眼镜，喜欢穿各式各样的裙子，非常和蔼可亲的样子。她上课永远微笑着，每当同学们犯了错误，她总是“凶狠”地批评完，然后继续微笑，永远就事论事，从不往下延伸。李老师是我的启蒙老师，在她的鼓励与引导下，我慢慢对文学产生了浓厚的兴趣。

李老师自己做了一个红花榜，贴在教室的右墙上，上面整整齐齐排列着全班同学的名字，只要完成一篇摘抄，就用按章在他的名字上按一个小红花，写一篇日记可以按两个小红花。我们都兴奋不已，当天我就认认真真地在日记本上抄了一篇美文，于是我得到了第一个可爱的小红花，我还清楚地记得我回家时高兴得手舞足蹈。

这之后，我更加努力了，我每天都会写一篇日记，摘抄了许多好词好句，为我日后的写作奠定了基础。我在班里的红花数是最多的，我每次都骄傲地看着那一竖列的小红花，仿佛一个个小脑袋在冲我微笑。

期末的时候，李老师为了奖励我，送了我一个崭新的日记本，封皮是可爱的卡通小熊。我每次在上面记日记，都会一笔一画地写字，还画了许多插图。上面记录着我成长的痕迹，至今还保存得完好。

我写的一些作文发到报刊上，我拿着样刊有些害羞地递给李老师，李老师看到后在全班表扬了我，还要大家都学习我的勇气。我非常感谢她，是她让我充满对文学的热爱与信心。

四年级完了后，李老师就不再教我们了，离别的那天，全班同学都哭了，李老师也是眼泪汪汪。她说，无论谁是你们的班主任，都要听他的话，因为老师永远把你们当作自己的孩子，他们都倾注了自己的心血与爱。

李老师虽然不教我们了，但她和我们同学的感情却是最深厚的，每逢假期，小学同学聚会都会叫上她，她还是那么美丽、那么年轻，像那小红花一样坐在我们中间笑着，她看着长大了的我们，不禁感叹时光流逝，可我们知道，我们在她的心目中，永远是一群长不大的孩子，需要她的爱与教诲，来扶持我们长大成人。

视死若生者，烈士之勇也。

——庄周

毕业了，才记起老师的好

我们总是犯着同样的错误。每次当离开了，才发现相守的好；每次当误会了，才发现理解的好；每次当生病了，才发现健康的好。我们总是默默地享受着上帝赐予我们的每一样东西，却从不懂得珍惜。只有当你永远失去它时，你才会发现它的好。

夏天，是个离别的季节。阳光温柔地照在我们身上，像老师曾经拍着我的肩膀。

毕业照上我们灿烂的笑脸，记录着往日美好的时光。看着老师一个个的微笑，耳边仿佛回响着他们的谆谆教诲，课堂上他们挥汗写下的板书，深深地印在了我的脑海。

我将初中三年所有的学习资料全部整理出来，竟装了满满两大箱子。我曾经非常痛恨它们，是它们剥夺了我玩耍的时光，占据了我的生活，我也曾抱怨老师留的作业，多得让人喘不上气。而现在，看着这些书，轻轻地摸一摸，上面落满了灰尘，竟有些怀念与感激。怀念以往在台灯下熬夜苦读的时光，怀念咬着笔头苦苦思索数学题的神情，怀念老师鼓励我们坚持的话语，还有更多的是对老师和书本的感激，使我取得了优异的成绩。

以前，我们总是把老师对我们的关心和爱，当作是一种习惯，然后理所当然地去享受，等到真正分开之后，才发现老师的重要。

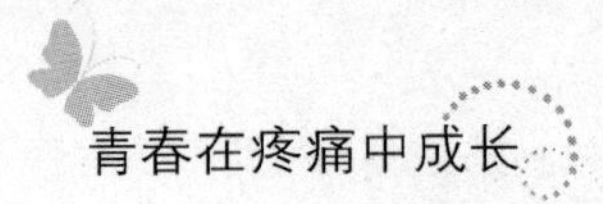

我曾经把老师对我的忠言抛到一边，然后义无反顾地去做自己想做的事情，我也曾不顾老师的劝阻，像飞蛾扑火般扑向熊熊烈火，直到遍体鳞伤后才觉醒；我曾经在交作业名单中偷偷打过勾，只为了一根草莓味的棒棒糖，然后笑着对老师说作业交齐了；我曾经被老师冤枉，然后哭着在桌布上写下恶毒的话，一抹眼泪后嘻嘻哈哈地以为咒语会实现。

现在想想，我当时真的好幼稚。

人总是在变，我们都在成长。人生的路上会有各种各样的声音，好的、坏的、善良的、恶毒的、你喜欢听的、你不爱听的，这些你都要用自己敏锐的耳朵去聆听，而且要用智慧的大脑去分辨。我一直相信，一个好的老师，是绝对不会误人子弟的。

课堂上，老师踮着脚尖在满是字的黑板上将最后一行笔记写下，不顾自己红肿的嗓子沙哑着声音讲课；运动会上，老师努力地敲着瓶子，用自己矮胖的身子跳着为我们加油，一滴滴汗水在阳光下泛着光。

我们总是犯着同样的错误。每次当离开了，才发现相守的好；每次当误会了，才发现理解的好；每次当生病了，才发现健康的好。我们总是默默地享受着上帝赐予我们的每一样东西，却从不懂得珍惜。只有当你永远失去它时，你才会发现它的好。

毕业了，我们才记起老师的好。

本来，生命只有一次，对于谁都是宝贵的。

——瞿秋白

母　亲

震后的心灵，更需要亲人的安慰。李元妮常说，没了，才知道啥叫没了。就趁亲人在的时候，好好珍惜吧，放下一切仇恨，努力地去爱。

《唐山大地震》上映的第一天，我就去看了。我是一个感性的人，电影刚开始，当楼被震塌，人们到处躲藏，徐帆饰演的母亲李元妮拼命救孩子的时候，我的泪就不可抑制地涌了出来。在灾难面前，人类是那么的弱小，我被地震的惨烈所震撼，为一个母亲不顾自己生命的爱而落泪。

地震过后，是一片废墟，一片灰暗。幸存的人抱着亲人的尸体痛哭流涕，一块楼板压住了李元妮的一对龙凤胎身上，必须用杠杆施救，撬起一头，就保不住另一头，这意味着姐弟之间只能有一个活命，而这对于一个母亲来说，是多么残酷的抉择。

她最终忍痛选择了儿子，姐姐方登在废墟里听到了，流下了一滴绝望的泪水。

一场大雨过后，方登奇迹般地活了下来，却带着对母亲的仇恨离开了32年，让母亲每天都生活在愧疚和自责之中。

李元妮一直都不肯搬家，不嫁人，即使当年的废墟已经被清理得了无痕迹，震塌的房子也都得以重建，她怕去世的亲人找不到回家的路……

她内心深处的这道伤口，实际上一直都没有愈合。

虽然地震只有23秒，但李元妮内心的余震却久久也不肯散去，它伴随了她32年，折磨了她32年啊！

直到有一天，方登在汶川大地震的唐山救援队遇到了她的弟弟方达，听到他对别人讲述当年的情景，他们的母亲一直以来都生活在愧疚中，每天都过得很痛苦，方登开始后悔，便随他回了唐山。

母女重逢，就让所有的怨恨都随风飘散吧！母亲，拯救了一个孩子的生命，又用一辈子的时间来表达对另一个孩子的愧疚，她活得多么累、多么痛苦！

整个电影，令我几度落泪，而我最感动最震撼的只有两个字，就是母亲。

李元妮是个伟大的母亲，方登同样也是。二十刚出头的她，意外怀孕了，男朋友要她做人流，她不肯，她说，我活过来的时候，四周都是死人，爸爸就在我旁边，你永远也不会理解我的。

他永远也理解不到，失去亲人的痛苦，失去孩子的痛苦。只有亲身经历过的人，才会刻骨铭心。

汶川地震中，一位母亲的孩子被压在预制板下，如果移开，整栋楼都有再次坍塌的危险，那位母亲满脸是泪，毅然地说，锯腿吧，要是她恨我，就恨一辈子吧。

她声嘶力竭地喊着，我女儿的腿，我要我女儿的腿！每一声都刺到人内心最柔软的部分，声声震撼人的心灵。

那是母亲的呐喊，是一个母亲绝望的呐喊！

父母给了我们的生命，给了我们重生的机会，我们又有什么理由不回去看看呢？即使他们做得不对，但一定有他们的道理，有他们的苦衷。我们因为考大学，因为要工作，一去就是好多年。有人说，是怕父母担心，其实，不打电话不来信更让父母担心！他们每天活在忧虑中，为子女的安全与生存担心。

倒塌的房子都盖起来了，可母亲心里的房子却没有盖起来，32 年守着废墟过日子。

震后的心灵，更需要亲人的安慰。李元妮常说，没了，才知道啥叫没了。就趁亲人在的时候，好好珍惜吧，放下一切仇恨，努力地去爱。

>>>

得其志，虽死犹生，不得其志，虽生犹死。

——无名氏

向日葵也需要陪伴

抽空陪陪自己的父母，像儿时他们看你学骑单车，心中装着一颗不安的心；像儿时他们耐心地看你拍皮球，给你数数，数到嗓子都干了；像儿时他们看见你的一点点进步，鼓着掌时露出的美好笑脸。

晚饭过后，和对门家的小女孩嘉嘉出去遛弯，她今年五岁，喜欢在头上扎许多小辫子，穿可爱的裙子。我一直觉得带孩子是一件很好玩的事情，可以玩好多稀奇古怪的游戏，肆无忌惮地在大街上玩耍。

难得夏天有这么清爽的晚风，我抱着一个黄色的皮球，嘉嘉骑着四个轮子的儿童自行车，一路发出“隆隆隆”的声音。她妈妈时不时地喊一句，慢点，注意安全。到了广场，坐着许多爷爷奶奶，他们拿着大蒲扇，一边扇着一边聊天，笑得合不拢嘴。

嘉嘉骑着车子从一个小坡下来，她妈妈再把她推上去，然后她又骑着车子“刷”地下来，玩得不亦乐乎。这样来回几次，她妈妈的脸上已经有了汗珠，却还要一边擦着汗一边陪她玩。我提议，咱们来拍球吧。嘉嘉高兴地把车子撂到一边，就拿起了球。我以为她拍着球我们就可以歇会儿，可她非要数着，于是我们开始了漫长的数数，一二三四五……大概数了好几百，她才停了下来。我们在一旁鼓着掌，嗓子却都要冒烟了。

我第一次这么强烈地体会到，做家长的可真不容易，必须要有足够的细心和耐心。她妈妈和我坐在花坛边聊天，嘉嘉显得有些不高兴，抱着球要我们陪她一起玩，于是我们开始玩传球的游戏。

小孩子总是那么容易就得到满足，玩累了，嘉嘉开始撒娇，她妈妈虽然很累，但还要抱着她哄她，把笑脸给她，而把疲劳与不安藏在身后。

这让我想到了向日葵，天下的父母都像向日葵一样，对着孩子，永远是阳光灿烂、笑容满面，让他们知道这世界的美好，而身后的阴影却从不让他们看见，即使再苦再累，也不会表现出来。

所有的家长都是这样吧，他们辛苦地工作了一天，回到家也不能好好放松，做饭洗衣服看孩子，他们放弃了电视电脑等娱乐，一心只陪着自己的孩子，这样的爱是最无私最伟大的。

那么我们呢？做子女的又是怎样对待父母的？我们长大了，翅膀硬了，妈妈的一句叮嘱不愿听，爸爸的一句劝言不理会，只顾自己的学习工作事业，连一点时间也不留给他们。可是，我们小的时候，他们花在我们身上的时间永远也无法计算清，我们又怎么能把和父母说说话、唠唠嗑都当作是在浪费时间呢？

抽空陪陪自己的父母，像儿时他们看你学骑单车，心中装着一颗不安的心；像儿时他们耐心地看你拍皮球，给你数数，数到嗓子都干了；像儿时他们看见你的一点点进步，鼓着掌时露出的美好笑脸。

百善孝为先，一个人如果连自己的父母都不孝顺，连自己的父母都不愿意陪着，更别提成功了，他一定是最失败的人。因为他没有道德，他不懂得爱人。

向日葵也需要我们的陪伴，在他们的心中，永远会把笑脸对着孩子，我们也一定要将阳光洒向他们的身上。

鱼生于水，死于水；草木生于土，死于土；人生于道，死于道。

——胡宏

别等到2012

电影终归是电影，出了影院，我们就回到了现实。我宁愿相信，2012真的是世界末日。影片中的人类离灾难来临，只有短短的一瞬间而已，相比他们，我们还有很长的时间，还有很长的时间可以用来爱我们的家人，爱我们的朋友，爱身边的每一个人。

窗外漆黑的夜，衬托着我浓黑的悲凉。坐在电脑前，望着屏幕，却不知道自己该说些什么。

《2012》看完后，大脑一片空白，只记得自己始终皱着眉头，张着嘴。我坐在电影院的第一排，高高地仰着头，却止不住地泪流满面……

我感到大地在颤抖，眼前仿佛出现了一道巨大的裂缝，我们看着，惊呆着，却无能为力。

人类，只有在灾难面前，才显得那么渺小。

人类，也只有在灾难面前，才显示出爱的伟大。

我看到无数人在向上帝祈祷，却终究被坍塌的教堂房顶湮没，我听到无数绝望的哀号，渐渐消失在巨大的海啸的浪潮里。人类像地上一群群的蚂蚁，任自然无情地踩踏。

然而，我看到更多的，是人与人之间的爱与希望。

大配角俄罗斯富商处处行狡诈，唯利是图，却在好不容易求得生存的希望时，由于关闭的舱门使他无法成功登陆方舟，他抱起自己的孩子奋力向前一抛，自己却坠入了深渊。我看到这里的时候，已是泣不成声。这就是一个伟大的父亲，伟大的爱。

我开始深深地思索，我们耗费了多少青春？浪费了多少韶华？我们在生活中，是怎样对待自己所爱的人？又是怎样对待爱我们的人？

……

很多很多问题，在我的大脑里纠缠不清。我没有考虑过，从来没有。因为自己拥有年轻的资本，便认为未来很遥远，许多事情可以等，可以等到以后再做。原来我大错特错了。我开始后悔，没有早一点意识到，没有早一点去做些什么。

我们习惯性地把“珍惜”挂在嘴边，但当你对父母的唠叨不耐烦的时候，当你对他人的关爱熟视无睹的时候，当你在游戏中昏天暗日的时候……你有没有为自己所说过的话感到脸红，感到羞愧呢？

电影终归是电影，出了影院，我们就回到了现实。我宁愿相信，2012真的是世界末日。影片中的人类离灾难来临，只有短短的一瞬间而已，相比他们，我们还有很长的时间，还有很长的时间可以用来爱我们的家人，爱我们的朋友，爱身边的每一个人。

未来任重道远，但我们永不气馁。

在生死面前，我们才会把时间用秒来计算。那么现在我们又何尝不能够呢？

别等到2012年，我们再去完成自己的梦想，别等到2012年，我们才想起感恩，才记起那些人给予我们的爱。

我紧紧地抱住我的爸妈，在他们的脸颊，印上深深的吻痕。

我会永远记住你们的微笑，记住你们的爱。

给自己爱的人一个大大的拥抱吧，告诉他们——我爱你！

别等到2012……

我总觉得，生命本身应该有一种意义，我们绝不是白白来一场的。

——席慕蓉

戒 指

窗外的鸟儿都已睡熟，偶尔像梦呓的孩子叫上几声。她仿佛看到院子里的水塘中开满了一大片一大片代表爱情的并蒂莲，花香氤氲缠绕在鼻尖……

快到母亲节了，大街上的店铺早已摆满了康乃馨以及各式各样的礼物，班里的女生一下课就叽叽喳喳地讨论该买什么样的礼物，唯独角落里的一个女生沉默不语，她叫玉儿。

玉儿是班里唯一一位生活在单亲家庭的孩子。她现在已经记不清爸爸的模样了，她只记得在很小的时候，听见的摔盘子的声音，还有爸爸喝醉酒后大声骂妈妈的声音。妈妈最终忍受不了，于是他们离婚了。妈妈把玉儿从小带到大，由于妈妈没有文化，只得在一家工厂做苦工，每天早起晚归。玉儿也很懂事，学习成绩很好，在班里经常得第一，还经常帮妈妈干些家务事，家里的衣服都是她洗的，饭也是她自己做。妈妈对此很欣慰，只要向邻居提起玉儿，她就眉开眼笑，那眼角的鱼尾纹也变成了最美丽的点缀。

玉儿现在很矛盾，她不知道要不要给妈妈买礼物，她明白家里穷，钱都是妈妈流汗流血挣来的，但她太希望妈妈能有一件漂亮的衣服了。从她小时候妈妈就一直穿着一件深蓝色的上衣，和一条褐色的裤子，穿坏了就补，现在上面已经有许多补丁了。她一想起来，心中就泛起一阵阵涟漪，她深深地将头埋在了自己的手掌心。

放学的路上，她看到橱窗里有一条白色的裙子，她想妈妈穿上应该很美吧，于是决定买这个作为礼物，走进去问了问价钱，又默默地走了出来。她明白，自己的零花钱根本不够，于是决定自己做一份礼物送给妈妈。做什么呢？她这样想着，转眼就到了家门口，无意中看到了院子里的狗尾巴草，想起小的时候妈妈曾经用这个编过一个戒指给她戴，脑子一转，对了，就给妈妈用彩绳编一个戒指吧。爸爸离开了她们，但是玉儿还是希望能有一个美满的家庭，她希望这个戒指能够给妈妈带来好运，希望能再找一个男人支撑这个破碎的家。

玉儿心灵手巧，买来绳后仔仔细细地编，她编了一个心形的结在上面，样式小巧可爱。她会心地笑了。

母亲节到了。玉儿放了学，早早就回家了，她在妈妈还没回家之前做了一桌丰盛的晚餐，虽然没多少肉和鱼，但都是妈妈最爱吃的菜。她将戒指放在手心里，等着妈妈回家。夜深了，玉儿听见开门的声音，妈妈疲惫地走了进来，看到一桌美味佳肴后，脸上露出惊喜的神色。

“妈妈，母亲节快乐！”她将戒指戴到妈妈的无名指上，正合适，那双苍老的手在戒指的点缀下显得格外美丽。

“这个戒指会给妈妈带来好运的，我希望您能有第二次幸福美满的婚姻，我不在乎有一个后爸，只要他真心对您好，您能够幸福快乐……”

窗外的鸟儿都已睡熟，偶尔像梦呓的孩子叫上几声。她仿佛看到院子里的水塘中开满了一大片一大片代表爱情的并蒂莲，花香氤氲缠绕在鼻尖……

一定会幸福的。

一定会的。

如果你无法改变别人，那么就要尝试着去改变自己。

——颜廷利

远去的奶奶

眼前一片朦胧，泪早已在脸上氤氲一片。夏天的夜总是黑得很晚，可一黑起来，就快得很。奶奶和小女孩早已消失在视线中，一切的一切都在提示着我，原来我站了很久了。

夏天的天空总是黑得很晚。远处的夕阳映着大片大片的云朵，余晖徜徉在河边。蝉还是不知疲倦地叫着，倦鸟归巢。风，飘向远方。

我沿着河边踽踽独行，清癯的身影在余晖的映衬下越拉越长，茕茕孑立在这个灰色的大地。我无聊地踢着脚下的石子，空气中依然弥漫着午后阳光的热度，黏稠的物质沉重地压在脸上，让人不知不觉地昏昏欲睡。很久没有修理的头发慵懒地贴在头皮上，刘海早已遮住眼睛，模糊一片。抬头，用手将头发甩开，清晰了许多。不远处，一位老奶奶领着一个小女孩，老奶奶头发花白，背也有些驼，正在给小女孩讲故事，应该很有趣吧，不时传来女孩“咯咯”的笑声。女孩梳着马尾辫，左手拿着一根棒棒糖。她们的背影在夕阳下熠熠发光，洋溢着幸福的味道。

这样的场景，在我的生命中，已经不复存在了。仿佛是远古的事情，又仿佛就发生在昨天。

我的童年，那段美好天真快乐的时光，好像又回到了从前。

从小，奶奶在我心目中的形象，一直是高大勇敢慈祥的女神。她总是精神矍铄，脸上挂满了笑容。一到周末，爸妈都会带我去奶奶家，每当这时，我就会高兴地又蹦又跳，因为我最喜欢听奶奶讲故事了。奶奶总是和我坐在床上，然后像模像样地拿出一本书，带上老花镜，样子甚是滑稽，还边讲边用手比划着，她能把故事中的小人儿讲活了般，真的好神奇啊，我就会高兴地拍手叫好。

后来，我上了小学。由于爸妈工作繁忙，奶奶便经常接我上下学。有一天放学，同班小朋友欺负我，拽着我的书包，我当时很害怕，眼泪都快流出来了，奶奶看见了，三轮车也不顾就跑了过来，往他面前一站，一米七多的个子，俨然像个英勇的骑士，吓得他松开手头也不回地跑开了。奶奶还会给我编麻花辫，一边一个，再绑上蝴蝶结，煞是好看。同学经常夸我，问这是谁编的啊，我便自豪地告诉他们是我奶奶给我编的呢，然后他们便投来羡慕的眼光。

六年级的时候，奶奶的身体状况愈来愈差，去医院一检查，竟然是胰腺癌！多么可怕的字眼！那天晚上，我口渴，倒完水回来，无意中听到爸妈在屋里的谈话，胰腺癌是癌症中最痛苦最难治疗的，一旦发现就已经是晚期了……我端着杯子的手猛地颤了一下，接着传来的是玻璃破碎的声音，地板上开出了一朵又一朵的水花，交织成一片错落的地图。

奶奶才六十岁。她一生都没过上好日子，从来没有过过一次生日，就连我们也都淡忘了。她一向节俭，从不乱花钱，连家里添一件洗衣机都不肯，总说手洗得干净，那玩意儿不值。没有人明白奶奶每天晚上要强忍多少病痛的折磨，却从不开口提自己的不适。

最后一次见到奶奶，那时我正在上课，妈妈突然来了，给老师说了几句话，然后把我叫了出去，说奶奶快不行了，让我再看看她。我们打车到了医院，一片死寂的白，病床上那个瘦弱的老人就是我奶奶吗？原本矍铄红润的脸变得泛黄，眼睛空洞失去光泽，看到我们来了，好像有些惊喜，我跑上去，在她耳边说：我还想听你给我讲故事，再讲一个好吗？

眼前一片朦胧，泪早已在脸上氤氲一片。夏天的夜总是黑得很晚，可一黑起来，就快得很。奶奶和小女孩早已消失在视线中，一切的一切都在提示着我，原来我站了很久了。

奶奶的背影突然出现在黛色的天边，迤逦前行，那个地方叫天堂吗？

喂，等等我。

我拼命地跑，任凭眼泪在脸上滑落，凝固，然后风干。

了解生命而且热爱生命的人是幸福的。

——佚名

妈妈等不起迟到的爱

我们成功的速度，永远在和父母的生命赛跑。我们以为自己能够等到海枯石烂、地老天荒，可是父母却等不到了，他们将自己的心奉献给了子女，希望我们能够理解，能够铭记，能够将大爱一代代地延续下去。

从小到大，无论是写日记还是作文，都离不开一个永恒的话题——母爱。小的时候也写过很多篇关于母爱的作文，可都是千篇一律，没有什么新意，甚至有时候为了应付老师的作业，绞尽脑汁苦苦编出一两个感动的场景，现在想起来不觉莞尔。当我们还是孩子的时候，满脑子里想的都是怎样吃得更饱、睡得更香、玩得更开心，想家长给的零花钱还够不够买这个月的漫画，想放学了去公园里是玩捉迷藏还是碰膝盖，想中午的饭是不是合自己的口味，想兜里的零食是不是快吃完了要不要再去小卖部买一包。我们的思想被各种各样的东西充斥着，唯独忽略了离我们最近的人，我们不知道这世间还有一种情感叫做亲情，我们不懂得体贴不懂得感恩，所以我们没有发现爱，只能捡拾一些牵强的字句，然后拼凑成一篇篇考场作文。

一个视频将我从迷茫中唤醒，我蓦然发现我遗失了很多很多。

很普通的一节语文课，像平常一样老师熟练地打开投影仪，说要让我

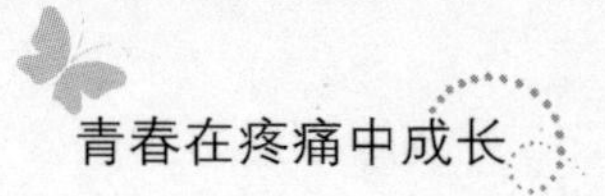

们看一个短片。一向喜欢看视频的我们立刻来了兴趣，目不转睛地盯着那个题目《天堂午餐》，脑海浮现出无数想象，该是怎样的一个故事。

只有短短的六分钟，班里从寂静无声，到传来小声吸鼻涕的声音，再到断断续续的啜泣，女生们用力捂着嘴巴，哽咽着，颤抖着双肩。

儿子在精心准备一顿午餐，不时地回忆着自己和母亲的往事，中午十二点，他坐在饭桌前静静等待母亲回家，母亲进来了，欣慰地吃着饭，儿子也开始吃饭，可是吃着吃着却流下了眼泪。直到我们发现这一切都是幻觉，母亲的座位上是一幅触目惊心的遗像，原来他在做一顿送往天堂的午餐，我们早已泪流满面。

当你在等以后，就已经失去了永远……泪眼蒙眬中，这句话深深地印在了我的眼里，刻在了我的心里。

我们不仅仅是因为感动而落泪，更为自己曾经愚蠢的做法而感到愧疚与悔恨，我们反省着自己的内心，给灵魂来了一次新的洗涤。

于是萌发了一个念头，重新写一篇关于“妈妈”的文章，我更喜欢用“妈妈”而不是“母亲”这个词，总觉得“母亲”这个词太正式，相比较而言，“妈妈”更加亲切。“妈妈”是小孩牙牙学语最先学会的一个词，上下唇轻轻触碰，同时发出“啊”的声音，甜甜的，暖暖的。很简单的词语，却是天下最美的称呼，无论用什么方式用什么语言，都道不尽妈妈绵绵的爱与情。

当我把这个念头告诉我的妈妈时，她愣了一下，随即笑着说：“我有什么好写的啊，我又没有什么轰轰烈烈的事迹，我一直在做我应该做的普普通通的事。”

所有的妈妈都这么说，她们做的是最平常不过的普通小事，这些事情是她们的本分，这些事情微不足道不值一提。好像自从有了人类以来，妈妈就被赋予了一种艰苦而神圣的职责——培育孩子长大成人，于是这仿佛成了一种理所应当，一种最容易被人忽视的情感。可是妈妈的爱，往往于细微深处，于无人察觉的细节中，彰显出它的伟大与无私。

妈妈说我小的时候总是嫌她太温柔，对谁都是笑眯眯的，不像别的妈妈那么严厉，生怕她会受到外人的欺负。这的确是她最大的特点：温柔、平易近人、不易怒。也许是多年胃病的原因，她很瘦，似春风中的细柳。她很爱笑，每次笑起来，眼角边的鱼尾纹都像盛开的花朵。就连她生气的时候，都是那么和蔼，永远没有电闪雷鸣的暴风雨，而是和风细雨，微风吹过，烦恼就飘散了。我和爸爸则不同，两个人的性格都很倔强，仿佛针尖对麦芒，稍有不合，就大吵大叫，每当这时，妈妈都会好言相劝，她的声音柔柔的，令我们浮躁的心平静下来，反省着自己的错误。她就是有这样的魔力，能够以柔克刚，用看似微不足道的弱小的力量，解开生活这条绳索上的一个个小疙瘩。

一天晚自习，有同学带了肯德基来班里吃，我看着很久没有吃过的汉堡包，突然想起了小时候。那时肯德基和麦当劳正风靡一时，价格比普通饭菜高很多，没有人说那是垃圾食品，也没有媒体曝光里面掺了什么化学药剂用的什么肉，那是一种身份的象征，是有钱的孩子才去享受的，我却只能望着玻璃窗里的人，独自往肚里咽着口水。

妈妈听同事说珠算可以开发智力，能使我变得更加聪明，便建议我去报个课外班，我正玩着手上的洋娃娃，哭着闹着不同意，妈妈为了我的前途，决定以每次上完课都带我吃一顿肯德基作为奖励，我便立刻答应了。于是每周六的晚上，我都会准时坐到宽敞明亮的肯德基里，每次点餐时，妈妈都只要够我的那一份，她自己什么也不吃，我问她为什么，她说："我还不饿呢。"我当时竟然信了，便毫无顾忌地大吃特吃。直到我吃得越来越胖，妈妈越变越瘦，我才理解了她。她回到家便将剩菜剩饭热一热，和爸爸一起消灭干净，我却打着饱嗝在一旁看电视，嘴里回味着汉堡包的余香。是妈妈真的不爱吃吗？还是她舍不得？我的一张嘴，吃掉了多少血汗钱。

我很清晰地记得，有天周末，送液化气罐的男人看到厨房角落里有一个高乐高的瓶子，是我吃完了之后一直放在那里的，家人渐渐将它遗忘了。他问妈妈:“那瓶子还有用吗?”妈妈说:“没用了，正准备扔呢。”男人便高兴地将瓶子擦了擦，放到了自己的怀里，他说:“找了半天，终于看见了，把它给我吧。”妈妈说:“都脏了，我帮你洗洗吧。”他说:“不用麻烦了。”妈妈从橱柜里拿出三四个高乐高的瓶子，都递给了他，问他要这个有什么用，他说:“我的饭盒坏了，这个盛饭正合适。”我和妈妈听了，都愣了，他不好意思地挠挠头。“我们家有好几个饭盒，你拿走一个吧，放着也是放着。”妈妈说着便从里面又拿出来一个饭盒，“以后有什么需要就说，不用客气。”男人直道“谢谢”，脸上洋溢着幸福的笑容，看着他满载而归离开的背影，我感动得眼泪差一点夺眶而出。

都是劳动人民，都是最光荣的岗位，妈妈深知他的辛苦与艰难，在他最需要帮助的时候，伸手拉他一把，一件小事足以温暖一个冬天。

妈妈总是教育我，不要和别人比较物质生活，我们家虽然没有那么富裕，但是我们能吃饱穿暖，能健健康康地在一起生活，这就是一种最大的幸福，可是这世上还有很多人，他们连最起码的物质生活都保证不了，他们需要我们的关心和帮助，家里的旧衣服都捐给了农村贫穷的孩子，看过的书和杂志，也飘向了更远的山区。妈妈以她朴实无华的话语，和她以身作则的榜样，教会了我如何做人，做一个善良的感恩的人。

去年的冬天，亲爱的姥爷去世了，妈妈一个人静静地落泪，静静地悼念。像没有涟漪的湖面下的阵阵涌动的暗流，深深地伤着痛着。

一个人只有悲伤到无以复加的程度，才能显示出异常的平静。

妈妈将花花绿绿的衣服移到了衣橱最底下，穿上了黑色的外衣，将最爱穿的带着亮钻的靴子收了起来，穿上了朴素的黑色棉鞋，将五彩的发夹给了我，自己每天只用黑色的皮筋。她开始虔诚地信佛，每天看佛经，嘴里跟着念念叨叨。我很是不解，将自己刚学的哲学搬出来:“你这是唯心主义，是不科学的，世界是物质的，物质决定意识你懂吗？要坚持唯物主义不能陷入唯心主义！”我洋洋得意地说，越说越起劲，我就是不明白，她整天这样到底是为什么。可是妈妈只是微笑，这微笑中夹杂了些苦涩的味道。她说：“我知道，但是一个人总得有个什么支撑吧，有些东西永远也无法解释。”

永远也无法解释，永远也无法释怀，那是一种信仰，一种崇拜，一种生活的支撑追求的价值。我终于明白，有信仰的人是幸福的，有信仰的人是值得尊重的，我们无权剥夺一个人的思想，也无权剥夺一个人的幸福。这是灵魂的拯救，我们谁都无权干涉。

只要妈妈幸福快乐便足够了。

我常常怪她：“刚说的事情都记不住，让你买的东西怎么总是忘。”她也怪自己老了记性差了。见报纸上说，电磁炉微波炉等有辐射，会使人的记忆力减退，妈妈最常去的屋子就是厨房了，免不得要与这些打交道，看来这是有科学依据的。不过我还是说她不放在心上，如果将一切嘱托都用心去记，肯定不会忘的。不过也有例外的时候，每次说起我小时候的事情，她都能说得如滔滔江水绵延不断，说我那时喜欢什么不喜欢什么，最爱去哪些地方吃什么零食，甚至还有偷偷暗恋的邻家男生。她一脸眉飞色舞，我却茫然得像得了失忆症。妈妈将她所有的心都献给了我，心上都是关于我成长的点点滴滴、喜怒哀乐，已容不下别的琐事，因为没有什么比儿女更重要的了。

在播完视频之后，语文老师说了一段她的经历，那是她上大学的时候，父亲住了院，她从学校赶到医院，父亲在病床上艰难地度日，她却在一旁翘着二郎腿，有时还会在床上沉沉睡去，干自己喜欢干的事情，她说她那时多么的不懂事啊，没有好好陪着父亲，没有尽到自己的孝心，可是心中除了悔恨还有什么？她一边说一边流泪，我们也都哭了。她说：“我只想告诉你们一句话，重复了很多遍的话，大家也能背上来的那句古文——

树欲静而风不止，子欲养而亲不待。”

我们成功的速度，永远在和父母的生命赛跑。我们以为自己能够等到海枯石烂、地老天荒，可是父母却等不到了，他们将自己的心奉献给了子女，希望我们能够理解，能够铭记，能够将大爱一代代地延续下去。

我听到轻轻的敲门声，听到妈妈小声地说："饭好了。"她知道不能打扰我，总是轻轻地走路，静得没有一丝声音。

我擦干眼角的泪水，说："我马上就过去。"

就这么结尾吧，因为妈妈在等我。

我知道，我等得起，她却等不起。

生命不可能有两次，但是许多人连一次也不善于度过。

——吕凯特

第三辑

葵花女孩的追梦旅程

很多年过去了，我依然清晰记得那个黄昏、那个女孩，记得她弯腰的那一抹美好的侧影，还有那一片玫瑰色的朦胧……

童年的我与我的童年

童年被浓缩成美好的一天，总是充满着欢笑与喜悦，没有压力烦恼，没有勾心斗角。那时候的我，傻得可爱，傻得纯真，傻得快乐。长大了得到了很多，也失去了很多。知识越来越多，想象力却越来越贫乏，少了纯真的笑，多了忧伤的目光。

院子里的梧桐老了吧。

我望向窗外，粗粗的树干愈加歪斜，像一位老人，佝偻着身体。我仿佛看到了几个孩童，手上拿着狗尾巴草，围着大树转圈圈。他们跳着笑着，他们跑着闹着。他们时而坐在台阶上歇息，时而拍着手喊“土豆丝，土豆皮”。他们的脸上是数不尽的笑容，他们的心里是不含杂质的纯净。那个梳两个辫子的小女孩，最喜欢穿粉色的花裙子，黑色的小皮鞋，风吹过她的发梢，熟悉的眉眼，熟悉的幼稚的小脸。

早晨不用担心迟到，一个豆包和一碗粥，便能让我开心一个上午。邻家的小伙伴背着书包，蹲在楼下玩着泥巴，我蹑手蹑脚地踱着步，轻轻拍一下她的左肩，然后迅速站在她的右边，待她醒悟过来之后，我一脸得意洋洋地哈哈大笑。

我们拉着小手，在林荫道上向学校走去，有时看到路边的鲜花开了，还会摘下来一朵，插在头上，甜甜地笑着。有人出来遛狗，会跑过去抚摸它柔顺的毛，学几声狗叫，没有一点害怕的神色。当看到哥哥姐姐从身边“嗖”的一声骑车而过，耳朵里塞着耳机，我们小小的心里总是充满了羡慕。羡慕他们不用走这么漫长的路，羡慕他们可以听悠闲的歌，羡慕他们潇洒地骑自行车。可是长大了才突然明白，小孩子永远看不到的，是他们书包里沉沉的书本，听不到的，是他们耳机里流利的英语课文，感受不到的，是他们必须很快骑到学校否则就要站在走廊罚站的心情。

小学是最快乐的地方。上课的时候，老师为了鼓励我们，回答一次问题奖励一朵小红花，每次老师的问题还没说完，我便将手举了起来，有同学比我举得高，我就将身体挺得倍儿直，屁股离开椅子一点，努力将手伸到最高。老师点到我时，我便朝那同学做一个大大的鬼脸，然后一边挠着头一边不好意思地问老师:“刚才的问题是什么呀?”惹得全班哄堂大笑。

下课了，我们像一群从笼子里放出的小鸟，一哄而散，跑到操场玩跳房子，用粉笔画上方格，扔一个沙包单腿跳。有时不小心摔倒在地，爬起来不是疼得哇哇直哭，而是一脸耍赖吵着重新再来一次。

吃过晚饭，院子里的小伙伴会不约而同地来到梧桐树下集合，趁着夜色玩捉迷藏。我总是躲得最隐蔽，藏在楼道里的木板后面，也不怕蜘蛛网或者小虫子，静静地屏住呼吸，听自己的心怦怦直跳。最狡猾的时候，我掏出钥匙，躲在自己家的小房里，轻轻带上门，坐在废旧报纸上扶着妈妈的自行车。直到听到一声“放羊啦”，我才屁颠屁颠地跑过去。

夜越来越深，头上的月光透过梧桐叶照在我们身上，仿佛一只只梅花鹿，尽情地奔跑着。不一会儿，他家的窗户打开了，“亮亮，该回家啦!”她家的窗户也打开了，“圆圆，该回家啦!”我们依依不舍地告别，期待第二天在学校的见面。回到家不情愿地洗洗玩得黑乎乎的小手和脸，倒在床上进入甜甜的梦乡。

童年被浓缩成美好的一天，总是充满着欢笑与喜悦，没有压力烦恼，没有勾心斗角。那时候的我，傻得可爱，傻得纯真，傻得快乐。长大了得到了很多，也失去了很多。知识越来越多，想象力却越来越贫乏，少了纯真的笑，多了忧伤的目光。

“越长大越孤单，越长大越不安，也不得不看梦想的翅膀被折断，也不得不收回曾经的话问自己，你纯真的眼睛哪去了？”熟悉的歌，可每次听都会掉下泪来。

梧桐树下梳着两个辫子的小女孩，我终于看清了，那就是我。

那就是童年的我，与我的童年。

她还是那么开心地转着圈，仿佛永远也停不下来……

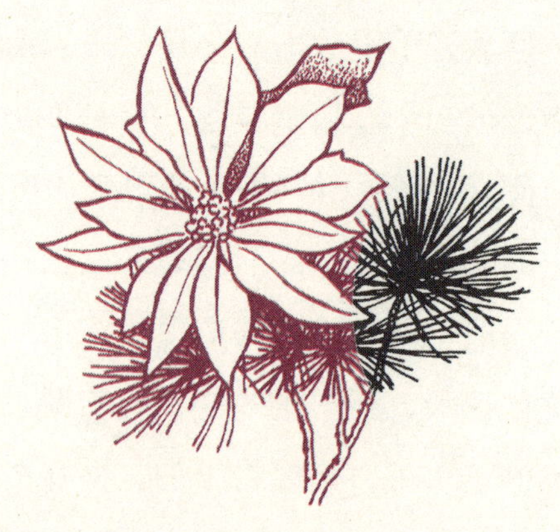

我的一生始终保持着这样一个信念：生命的意义在于付出，在于给予，而不是接受，也不是在于争取。

——巴金

晒寂寞

我们讨厌紧张的感觉，讨厌快节奏，讨厌上了发条一般的生活规律，我们喜欢想笑的时候就在阳光下露出牙齿，我们偶尔也会有一点点小寂寞，我们喜欢对自己好一点。

朱自清说，热闹是他们的，我什么也没有。

也不知道从什么时候开始，喜欢一个人待着，喜欢安静。每当看到教室里的同学，凑成一堆谈论某某明星的绯闻，抑或是听着笑话哈哈大笑的时候，我就会走到无人的阳台，一个暂时属于我心灵的地方。

五楼的阳台，是个放飞灵魂的地方。我将我的灵魂与寂寞，沐浴在阳光下，看云卷云舒。

风拂过面颊，还夹杂着一丝微微的凉爽，我耳前的碎发，凌乱地在风中飘舞，我懒得去拨弄它。阳光总是那么令人舒适，我闭上眼睛用心去感受，柔和而又温暖，仿佛远方飘荡着一首舒缓的钢琴曲，美妙的旋律浮在周围，仿佛寒冷的冬夜围着的毛绒围巾，软软的，暖暖的。我相信，在阳光下，一切生活中的失意与不愉快，都会躲得远远的。

我望着远处的窗户，像糖葫芦串，一个接一个的，从高空串到街道。一幢又一幢高楼大厦，在这个城市崛起，倒下，再崛起。无休止，无

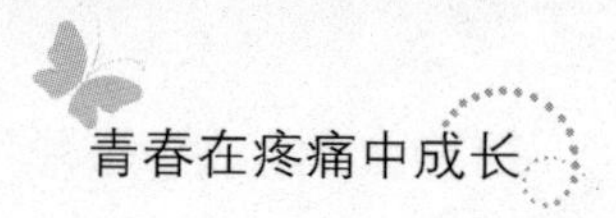

尽头。

校园里的杨树已经换了新装，满目绿色，在风中抖动着片片嫩叶，发出沙沙的响声，像雨落地的声音，那么好听。

马路上车来车往，人们忙碌在城市的各个角落，奔波在一道道斑马线中，像跳跃在五线谱上的一个个音符。他们的步履匆匆，快速地从我视线中移走，竟然没有一个人，能够停下来，细细地去看看这个城市的风景，也许我这种行为，在他们眼里就是一种浪费时间吧。但是我喜欢这种感觉，喜欢在阳光下面晒自己的寂寞，我觉得寂寞是令人享受的。

进校门的学生抱着书本，偶尔有人抬头看一看天，阳光调皮地在云层中躲来躲去，他们的影子忽明忽暗。不知道会不会有人注意到我，一个在阳台晒寂寞的女孩。我常常会被人遗忘，可是为什么有些事情偏偏就想起了我，你就充个数吧，我悲哀地重复着他们的话。

我并不指望自己活得多么一鸣惊人，也并不奢求每个人都会永远地记住我，我明白这并不现实，可是我仅仅有一个小小的希冀，就是请不要忽视我虽然并不多么伟大但也并不是很卑微的自尊。

我揉揉眼睛，继续看着校门口，但我并不是在等待谁，我只是想看看，我们每个人是以什么姿态行走的，是以什么姿态生活的。

我看到了蚱蜢。人群中他实在太扎眼，一个总是喜欢穿一身绿色的男生，喜欢穿绿色的上衣，穿绿色的运动裤，穿绿色的板鞋。只是那帽子，他从来没有戴过。

他慢慢悠悠地骑着墨绿色的山地车，和这个快节奏的社会显得格格不入。有那么一瞬间，我想，我们其实都一样吧。

他抬起头，阳光正好从云层中钻出来，他眯着眼睛，看到了我。

他冲我摆摆手，我也冲他摆摆手，他还是那么不紧不慢，一直从我的视线中晃悠了过去。

我们讨厌紧张的感觉，讨厌快节奏，讨厌上了发条一般的生活规律，我们喜欢想笑的时候就在阳光下露出牙齿，我们偶尔也会有一点点小寂寞，我们喜欢对自己好一点。

钟楼的指针也缓缓地移动着步子，不曾察觉，时光就这么走了。有的时候，发呆也是一种很好的娱乐。

我想，我该走了吧。

我又深深地望了一眼蓝天，阳光刺到了我的眼睛。我将我的灵魂唤回，我将我的寂寞暂时收藏在心中。我转身，拉开门。

教室显得那么渺小，那么昏暗，他们仍旧不停歇地叽叽喳喳。原来这里不属于我，我的心永远是向往天空的。

热闹是他们的，我什么也没有。

不，我有的，是令人享受的小小的寂寞。

不要把时间花在无益的争论中，要努力去创造美好的东西，以及为大众服务中去，福泽和人生意义就会提升很多。

——方海权

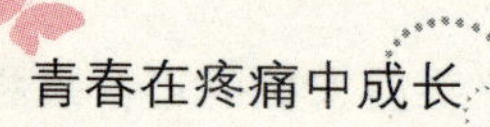

我依然在等待

我在等待，我依然在等待，我的白衣少年，我的纯美爱恋。愿每个人心中都有一颗种子，在一个飘雪的冬天，萌生出翅膀，呼啦啦地飞向天空。

这个冬天睡着了。灰色的大地，灰白的天空，周围的一切成了旧世纪的黑白照片，面无表情地定格。

像很多爱幻想的女孩子一样，公主在飘雪的冬季，在花园里，等待着王子的出现，他牵起她的手，她踮起脚尖轻吻他的额头。

呵，少年的白衣被风吹拂，夹杂着雪花，仿佛无数雪精灵在他周围伴舞。他的脸如雪一般纯洁，眼睛似冰一般晶莹，长长的睫毛沾上雪花。那完美无缺的侧脸，一如你不动声色的样子。

你就像那冬季里的雪花，轻轻地落在脸颊，还没来得及看清面容，却只留下最后的氤氲。冷酷的性格，令人可望而不可即。

只是那雪，迟迟不肯露面。

坐在窗台，午后的阳光懒洋洋地照在身上。望着窗外匆匆行过的路人，多想你就在其中，躲在某个角落，对着我笑。

不下雪的冬天，我们拿它当春天好不好？

年少的我们，在操场上挥汗如雨，望着头顶冬日的阳光，格外晃眼。那寄托了无数梦的雪精灵呵，你调皮地躲到哪里去了？

寻寻觅觅，那篮球架下面的熟悉的T恤衫，只一眼便认得。有些人错过就错过了，而有些人，却永远也得不到。

像小时候橱窗里梦寐以求的小汽车，无论怎样软磨硬泡，妈妈都会毫不犹豫地拉起你的手走开。

得不到的才是最美的，那雪亦是。

王子不会轻易爱上灰姑娘，除非她有美丽的水晶鞋，人们不会爱上丑小鸭，除非它有白天鹅一样洁白的羽毛。

习惯性地低着头走路，我喜欢灰色，亦喜欢灰色的大地。地上氤氲的是什么？只当是水吧，可脸上咸湿的又是什么？只当是盐吧。是青春多忧伤，还是我给它披了一件灰色的外套？

我以为这个冬天就这样过去了。分不清梦境与现实，却还是痴痴地期待某一天奇迹的到来。落了叶的梧桐，我在月光下虔诚地祈祷。

我在等待，我依然在等待，我的白衣少年，我的纯美爱恋。愿每个人心中都有一颗种子，在一个飘雪的冬天，萌生出翅膀，呼啦啦地飞向天空。

人生有两出悲剧：一是万念俱灰，另一是踌躇满志。

——萧伯纳

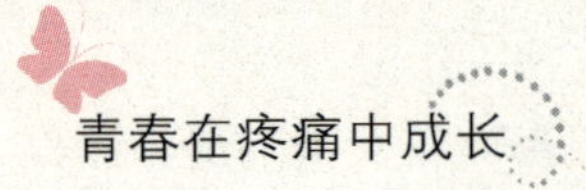

吹自己童年的泡泡

一个泡泡飞到了我脸前，伸手轻轻一碰，溅到鼻尖些肥皂液，仅仅是一小瓶肥皂液，却能吹出这么多美丽的泡泡，虽然它们在空中漂泊的时间也只有短短的十余秒钟，却演绎出了一段段透明的美丽童话，而只有像小孩子一样的眼睛，小孩子一样的心境，才能真正读懂。

给我一堆沙子，我可以建造一座城堡；给我一块泥巴，我可以烘焙出香甜的面包；给我一支画笔，我可以在卧室的墙上描绘出五彩斑斓的世界。如果我还是小孩子的话。

又看到记忆里的旋转木马了，只是身上的油漆已经褪色，只是音响里传来的音乐已经变了，只是木马上坐着的小孩子已经不再。物是人非，勾起我对童年的那一丝眷念。

还想再坐一次旋转木马，只是看到牌子上写着“儿童游乐设施”后，停止了前进的脚步。

忘了从什么时候起，我已经远离了“儿童”这个字眼，它现在对于我来说是那么陌生，仅仅只是代表着一段永远也回不去的美好时光。我对于童年的记忆，又是那么的贫乏，如果早知道会长大，就会努力记住的。

他们说，你真幼稚，现在还想坐旋转木马，应该去坐过山车。我说，是啊，我就是这么幼稚。

过山车的轨道涂着红、黄、蓝三种颜色，在阳光下熠熠发光。我仰着头，眯着眼，望着他们在空中飞速奔驰、旋转，我也只能在地上仰望惊叹，无论如何也没有尝试的勇气。

自然而然地低下头，竟然发现身边有许多小孩子，他们大概两三岁的样子，即使是春天，也不能脱下厚厚的棉袄。其中一个小男孩吹着泡泡，其他的孩子全部围了过来，跟着泡泡一起跑，他们尖叫着跑着，迈着小小的步子，却也很快。风将那些泡泡带上了蓝天，望着飞舞的泡泡们，他们嘴撅得老高，而抓住泡泡的小孩子则开心地大笑着，露出一排尚未长全的牙齿，呵呵地笑着。

看着他们，我情不自禁地微笑了。突然想问自己的爸爸妈妈，我小时候是什么样子的，也像现在一样爱玩、爱闹吗？虽然照片里定格住了我的笑脸，可总觉得那么的遥远又模糊，如果可以回到过去，该有多好。

他们都说，我是一个幼稚的人，我对此并不否认。幼稚何尝不是一件好事呢？难道一定要变得成熟，才算真正长大吗？在我心目中，幼稚不幼稚并不重要，重要的是，无论何时都要保持一颗童心吧！

我的很多朋友，她们学着大人的样子化妆，做各式各样的头发，穿妈妈的高跟鞋，戴很大很大的环状耳环，然后淑女般地迈着猫步。问我感觉如何，我从来只是笑笑。再看看自己，顶多用洗面奶洗脸，只是扎一个简单的马尾辫，穿舒适的运动鞋，蹦蹦跳跳地走路。

我喜欢洋娃娃，喜欢和同学开玩笑，喜欢看动画片，喜欢吃棒棒糖，喜欢玩跳房子……这些在别人眼里很幼稚的事情，我却做得有滋有味。

我们的童年已经过去，少年时光也即将走到尽头，还有多少青春等待我们来消耗？又还能有多少个幼稚的日日夜夜等待我们来玩耍呢？

趁着自己还能幼稚的时候，多幼稚一会儿吧！不然等到长大了，就再也没有机会，在父母身边撒娇，在想哭的时候放声大哭，在空旷的郊外玩捉迷藏……

一个泡泡飞到了我脸前，伸手轻轻一碰，溅到鼻尖些肥皂液，仅仅是一小瓶肥皂液，却能吹出这么多美丽的泡泡，虽然它们在空中漂泊的时间也只有短短的十余秒钟，却演绎出了一段段透明的美丽童话，而只有像小孩子一样的眼睛，小孩子一样的心境，才能真正读懂。

我突然很想再回到过去，回到像那些小孩子一样吹泡泡的时光。

我向一家有着红色屋顶的小卖部走去，握着属于自己那一小瓶肥皂水，吹出了无数个属于自己童年的泡泡。

人生就像弈棋，一步失误，全盘皆输。

——弗洛伊德

你想做一只小鸟，逃避青春的无奈与忧伤

青春里所有美好的时光，都被无情的卷子埋没。我们的生活中，友情变得淡了，竞争变得浓了；亲情变得淡了，陌生变得浓了；快乐变得淡了，忧伤变得浓了。

看到你在网上的日志，充满了对教育的无奈与辛酸。你问我们的青春还剩多少，只留下了数不尽的书本与练习。当我们年老的时候，又有多少回忆值得留念，没有欢笑、没有温暖、没有感动，每天埋头于各种各样的辅导书中，每天大脑只是用来想题、背书，根本没有空闲与朋友谈心，没有时间和父母共享天伦之乐。我们的青春被教育无情地支配，我们无能为力，只能向高考低头妥协。

我发了一条评论——你小子最近这么富有文学色彩了，看来作文有进步了，好好学习吧，我们没有办法改变。

你回复了一个无奈的表情，眉头向下撇，嘴巴是一道波浪线，眼睛里泛着酸楚的光。

没想到，那是我们最后一次谈话。

如果早知道会这样，我一定会好好劝劝你，让你重新拾起生活的希望。

很小的时候我们就认识了，我们住在同一条街上，你在街的那边，我在街的这边。每天放学上学都一起走，那个时候，你和我一般高，只要玩石头剪子布我赢了，就轻轻一抬手，弹到你的额头。可是每次你都只是笑笑，露出一口洁白的牙齿。

小学的时光是如此美好，我们上课偶尔会开开小差，偷偷聊着晚上看什么动画片，下了课我们像一群小鸟一样飞出教室，在走廊里打闹，生活总是充满了欢笑。

上了初中后，我们被分到同一所学校，虽然不在同一个班，但还是能经常见面。你已经不再是原来喜欢梳中分的小男生了，你换了一个更帅气的发型，有几缕刘海垂在额头。

你的个子也长高了，比我高出半头，我还是喜欢没事了就玩石头剪子布，然后一抬手，就弹到你的额头。

那个时候生活风平浪静，我们都按部就班地学习，利用课余的时间一起去书店看小说，或是和同学到公园踏青，生活过得有滋有味。那时，我们都觉得自己很聪明，上课只要稍微听听课，就能考得很好，于是我们上了最好的重点高中。

刚开学，我就被高中快节奏的生活压得喘不过气来，我总是比别人慢一拍，在他们都写作业的时候，我在看杂志，在他们都复习的时候，我开始狂补作业。每天的生活都昏天黑地的，没有一丝乐趣，大家也都只是埋头学啊学，根本没时间聊天谈话，就连去食堂吃饭，也都一个人来也匆匆去也匆匆，稍微吃得慢点，另一个人就会嫌自己耽误了他学习的时间。

于是我开始变得沉默。

在校园里看到你，也发现你的眉宇间多了一丝忧郁。我试着去弹你的额头，却发现已经要踮起脚尖了。你真的长大了，长高了，变帅了。可是我们却都失去了些什么，到底是什么，我们也说不清楚。

青春里所有美好的时光，都被无情的卷子埋没。我们的生活中，友情变得淡了，竞争变得浓了；亲情变得淡了，陌生变得浓了；快乐变得淡了，忧伤变得浓了。

我们的青春充满了各种各样的无奈。我对你说。

你点头，眼睛里泛起潮湿。

有时候我做梦都会梦到，在一堆卷子中间，扎着脑袋透不过气来，然后我张开嘴大声喊着救命，老师和家长的脸清晰可见，可他们却对我无动于衷。我说。

我想做一只天空中飞翔的小鸟，逃避青春的无奈与忧伤。你顿了顿，说道。

如果那个时候，我告诉你，即使做一只小鸟，也要有面对猎人枪口的勇气。

后来听朋友说，那天你在上课的时候写日记，被班主任发现了。他通知了你的家长，谈了话，扯了一堆最近学习状态不好之类的话。你始终低着头，没有说一句话。

那天晚上你写下了那篇日志《我们的青春，还剩多少》，我是第一个评论的，也是最后一个评论的。

后来你就把空间加密了，你收起了你的狂傲不羁，你不再与老师作对，而是慢慢地变得乖了。你在最后一周的时间里，试着与每一个同学微笑，与父母和老师好好沟通。

再后来，就传来了你自杀的消息。

你的父母跪在校门口，大条幅上清清楚楚写着几个大字："还我儿子的命。"

这种事情在其他校园里也发生过，可没想到会那么真实地发生在我的身边。

我翻出你给我写的同学录，上面你的照片是那么的阳光，你还会一笑就露出一口洁白的牙齿，让人看了之后，心里总是暖暖的。

我对你的照片说，你怎么这么傻啊，你小子怎么就不知道与我们一起度过难关、一起挺过高考呢？你怎么能这么不负责任地撇下你的父母与朋友离开人世呢？天堂没有青春的无奈？那难道是你所向往的地方？

我说了好多话，才发现自己的泪水早已把你的照片打湿。

我们不能再一起沿着街上学了，我们再也不能玩石头剪子布了，我再也弹不到你的额头了。

你真的变成了一只小鸟，逃避了青春的无奈与忧伤。

可你留给我们的，却是无尽的痛苦与悲伤。

懂得生命真谛的人，可以使短促的生命延长。

——西塞罗

每一个女孩都是白天鹅

女孩子是重感情的，一般也是感性的人，稍微禁不住诱惑就有可能过早接触爱情，当脆弱的“早恋”经不住时间的打磨，它枯萎得如一片秋叶飘零落地，女孩子的内心往往要承受更大的痛苦。可当她们回头看时才发现，自己错过了许多更重要的东西。

今天的班会课格外神秘，班主任将所有的男生往门外赶，直到一屋子只剩下女生，她才关上了门，仍有几个调皮的男生伸长脖子，透过玻璃瞧几眼。文科班的女生很多，每个同学都好奇地歪着脑袋，叽叽喳喳地问个不停，满脸疑惑又夹杂着小小的激动与兴奋。

班会的主题是一个不能说却不得不说的秘密——早恋。之所以将男女生分开进行，是因为“男怕入错行，女怕嫁错郎”，有一些秘密是只能给女孩子说的。我们的脸上瞬间泛起了羞赧的红晕，不好意思地捂着嘴偷笑。

和以往的教育不同，班主任的话语重心长，失去了原有的威严，更像是一位知心的朋友，让我对人生以及未来有了更深刻的想法。

也许到了这个年龄，生理上的发育是由不得我们的，对异性产生好感也是正常的。于是许多家长和老师变得异常紧张与警觉，有一点点风吹草动，就立马竖起耳朵，筑好壁垒，门窗紧锁，将我们关得严严实实密不透风，生怕一不小心陷入爱情的泥潭。可是有时候，由于没有将“早恋”这个敏感的话题搬到台面上，我们的好奇心与逆反心理会更加严重，往往起到相反的结果。

相信每个人在青春期的时候，都或多或少对异性有过崇拜或者爱慕之情。她会在窗台远远地看他打篮球的样子，他会在她生日时送上可爱的毛绒玩具，她会清楚地记得他的爱好，他的星座，他的血型，他会留意她的一举一动，一颦一蹙。

他们说这叫爱情。

大人或许只是笑，笑他们的懵懂无知，笑他们的不成熟。

爱情的现代定义为——两个人基于一定的物质条件和共同的人生理想，在各自内心形成的对对方的最真挚的仰慕，并渴望对方成为自己终生伴侣的最强烈、最稳定、最专一的感情。

早恋之所以加上一个“早”字，是因为我们缺少一个大前提“一定的物质条件和人生理想”，我们吃穿都靠父母，没有稳定的经济收入，我们的理想尚未坚定，一切都是未知数，没有这个重要的前提，就像一棵小树没有足够的水分去灌溉，没有充足的营养去培育，最终长得歪歪斜斜甚至死亡。

女孩子是重感情的，一般也是感性的人，稍微禁不住诱惑就有可能过早接触爱情，当脆弱的“早恋”经不住时间的打磨，它枯萎得如一片秋叶飘零落地，女孩子的内心往往要承受更大的痛苦。可当她们回头看时才发现，自己错过了许多更重要的东西。

每一个女孩都是白天鹅，虽然现在我们还未褪去丑小鸭的外表，但也不能随便因为谄媚的癞蛤蟆而放弃自己的理想，白天鹅只有和白天鹅在一起才搭配，而那些翅膀还很娇嫩、禁不住风吹雨打的男生，如何承担其生活的重量，又如何对未来负责？如果你没有考虑过这个问题，那么你就不配拥有我们。

最喜欢张韶涵的那首《亲爱的那不是爱情》:“你说过牵了手就算约定，但亲爱的那并不是爱情，就像来不及许愿的流星，再怎么美丽也只能是曾经。太美的承诺因为太年轻，但亲爱的那并不是爱情，就像是精灵住错了森林，那爱情错的很透明。”

早恋是二月的草莓，又大又饱满，鲜艳欲滴，令人垂涎三尺，忍不住咬上一口，却立刻吐了出来，嘴里直抱怨难吃死了。原来草莓没有到熟透的季节，仅仅外表成了形，极易诱惑人的胃，只有吃过的人才知道，里面一定是未成熟的苦涩。

早恋是童年吹的泡泡，在阳光的照射下五彩缤纷，闪烁着美丽动人的光，可一旦轻轻触碰，定会碎成无数小水珠，像一团雾渐渐随风飘散，不留一丝痕迹，只是道不尽的遗憾与惋惜。

早恋是囫囵吞枣，虽获得了满满的饱腹感，却最终危害着人的健康。

早恋是拔苗助长的麦苗，虽看似长得很高很快，却病快快地度过短暂的一生。

老子早在2000多年前就提出了“道法自然”，要求我们顺应规律，不违背自然的法则。就像农民种地，春种秋收，什么季节做什么事情。人也一样，什么年龄阶段做什么事情，不能着急，心急吃不了热豆腐。只有在我们取得了一定的成就，有了恋爱的资本，有了承担家庭与生活的责任，这样的爱情才会获得圆满的结局。

我想说——女孩，如果你想与白天鹅长相厮守，那么就努力从丑小鸭蜕变，如果你仅仅想与癞蛤蟆快乐一时，那么就永远做丑小鸭吧!

有时我想，要是人们把活着的每一天都看作是生命的最后一天该有多好啊!这就更能显出生命的价值。

——海伦·凯勒

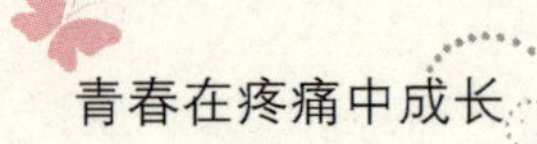

逆风而行

我是一个坚持自己梦想的倔强的孩子，无论外人怎么说，都会向着自己定的目标努力，为自己的梦想奋斗，哪怕会遇到暂时的挫折，会听到各种冷嘲热讽，但我相信，我的选择没有错误。因为我坚信，真理总是掌握在少数人手里。

这个城市的春天，沙尘暴总是肆虐，我有沙眼，一遇到风，就想流泪。

窗外漆黑一片，借着台灯的光可以看到，窗外的树枝不停地摇摆着，“呼呼的”风声煞是骇人，像兽的吼声，时而低沉，时而尖啸，这声音一直伴随着书桌旁的我，大脑里那些讨厌的定理与公式更加混乱。

风声不断，手表的指针转了又转。

我望着书桌上堆着的各种练习册和试卷，还有那些令人抓狂的理科题，缓缓地闭上了眼。想起同学说，学文的上大学有局限，学文的不好找工作，学文的将来没出息，心里就隐约有些不舒服，到底该不该放弃理科呢？看着自己一次比一次分数低的试卷，就再也没有兴趣去学那些本来就不喜欢的科目了。

“科教兴国”战略愈演愈烈，学生的辅导书也愈来愈多，各种书籍、宣传单上都鼓吹“学好数理化，走遍宇宙都不怕”，家长也不得不使孩子放弃自己的兴趣爱好，而选择理科，仅仅是为了上一个好大学，找一个体面的工作。

每个人都不可能十全十美，而真正在这个社会上有所作为、为国家作出贡献的人，往往是一些偏才怪才。如果盲目地像赶羊一样，将所有的羊都赶到一个圈子里面，即使有的羊向往在大草原上自由自在地奔跑，也只能远远地看吧！

这样培养出来的，算是人才吗？

看到许多自己的好朋友，本来可以发展自己的特长，却被父母逼迫，甚至大动干戈，而最终屈服，我的内心就涌上来一股复杂的情感。

我是一个坚持自己梦想的倔强的孩子，无论外人怎么说，都会向着自己定的目标努力，为自己的梦想奋斗，哪怕会遇到暂时的挫折，会听到各种冷嘲热讽，但我相信，我的选择没有错误。因为我坚信，真理总是掌握在少数人手里。

韩寒的父亲曾说:“教育的目的本身就是为了学会生存，既然这样，又何必一定要走高考这个独木桥呢?”我们现在许多人，都扭曲了教育的真实目的，认为有一张大学文凭，就是受过教育，就不是文盲了，就是知识分子了。

他在韩寒退学后说了一句话:“既然出来混，就别让别人看不起你!”第一次在杂志上看到这句话的时候，我的眼眶就湿润了，这句话我一直铭刻在心，它鼓舞着我追寻梦想的精神，激励着我前进的步伐。

走自己的路，让别人说去吧！从小到大，这句话一直是我的座右铭，从未更改过，虽然我为此付出过许多代价，可是那些代价虽然很苦，但我却从不后悔。

我听到妈妈敲门的声音，她说:“天气预报说明天有大风，记得戴上帽子上学。”我“嗯”了一声，扭过头，泪就不自觉地涌了出来。

第二天早上，我冒着大风使劲蹬着单车，在马路上艰难地行进着。我的眼睛又想流泪了，我眨眨眼，然后无意中抬起头，看到朝阳红彤彤地挂在天边，阳光像丝绸般拂过全身。

风再大，也无法阻止我前进的脚步，逆风而行，也不会使我的意志屈服。

因为我看到了，东方升起的朝阳，正微笑着冲我摆手呢。

生命是一去不复返的！眼前保得了的切莫要放手；一放手，你就永远找不回来，死使你变成空人，就像那些树木落掉叶子后的空枝一样；终于愈来愈空，连你自己也凋谢了，也落了下来。

——高尔斯华绥

放歌于夜幕下的专属舞台

那是我的音乐梦，飘满了我的希望与歌声。没有华丽的装饰，没有耀眼的灯光，没有沸腾的观众，只有一束柔和的灯光，寂静得能够听得到呼吸与心跳。我一个人站在只属于自己的舞台上，轻轻哼一首不知名的歌，旋律回响在自己心中，也偶尔会淌出幸福的眼泪。

曾一度羡慕广场上无忧无虑的老年秧歌队，他们无拘无束，有着孩童般快乐年轻的心，尽情挥洒着自己的情态。到了晚自习的时间，他们开始活跃了，激情洋溢的乐曲，清晰地回荡在安静的教室中，我们年轻的心也不禁跟着跳动。

何时才会像他们一样，活得那么自由自在、了无牵挂？何时才会像他们一样，可以追求自己心仪的梦想？夜幕笼罩之下，我骑着单车，穿行在寂静空旷的马路上。学业压力、生活压力压得人喘不过气，如这夜般浓黑的压抑。

突然抬起头，昏暗的橙色光芒笼罩了我的视线，路灯仿佛是一颗镶嵌在行道树葱郁叶子中璀璨的黄宝石。夜风夹杂着微凉拂过脸颊，灯光下可以看得到空气中飘过的尘埃，像细碎的星星洒在人间。一切恍如梦境，恍如梦境中常常出现的那个舞台。

那是我的音乐梦，飘满了我的希望与歌声。没有华丽的装饰，没有耀眼的灯光，没有沸腾的观众，只有一束柔和的灯光，寂静得能够听得到呼吸与心跳。

我一个人站在只属于自己的舞台上，轻轻哼一首不知名的歌，旋律回响在自己心中，也偶尔会淌出幸福的眼泪。

而此时此刻，寂静的夜，昏黄的街灯，我情不自禁地唱起了歌，不去在乎行人诧异的目光，不去理会世间的任何烦恼，将灵魂回归内心深处，让自己被自己感动。

穿梭于一个又一个路灯的照射下，想象成一个又一个实现梦想与希望的专属舞台，好似奔波于一个巡回演唱会，即使没有鲜花与掌声，我依然莞尔浅唱。

影子时而变长时而变短，奇妙地来回转换。脚步随着旋律时快时慢，脑海中充满甜甜的温暖。完全将成绩与竞争抛在脑后，心情变得格外舒畅。一天中，只有这短短的十几分钟是属于自己的，是我的专属舞台。

早以为，我小小的梦想，就这样被学业的繁重所湮没，而现在，它又重焕光彩。不时地将自己的梦想拿来倾听，将它作为自己奋斗的动力，有了梦，才会有希望。

脑海中回想起小时候的自己，扎着冲天辫，穿着公主裙，偷偷踩了妈妈的高跟鞋，一个人在家里对着镜子又唱又跳，小丑般滑稽而又可爱。可是又是什么时候，开始在自己心情不好的时候唱悲伤的歌，在自己累了烦了困了的时候，独自一人唱着寂寞。

他们说，我长大了。

长大了就要有无尽的烦恼，长大了就要享受寂寞，长大了就要强忍压力埋头奋斗。真的是这样吗？即使是，我们也要学会乐观，学会在无人的时候，站在自己专属的舞台上，浅唱一首温暖的歌。

回到家里，歌声停止了，我安静地坐在自己的书桌前，翻开书本。

我知道，有些梦想，只是拿来仰望的。

而我，要将这些不可企及的梦，化为成长道路上前进的动力。在失意的时候，放歌于夜幕下的专属舞台。

应该笑着面对生活，不管一切如何。

——伏契克

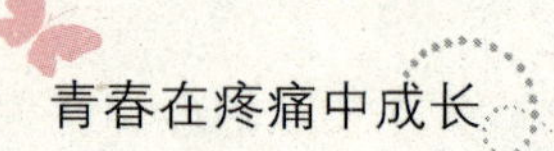

高三，高山

以后的日子里，我试着像一头黄牛一样踏踏实实地学习，才发现自己浮躁的心情难以平静，才发现那些曾被我极度厌恶的同学，低下头扎实地学习需要多么大的勇气与毅力。

寒假去学校拿东西，路过高三的教学楼，看到学长学姐背着沉沉的书包，抱着大大的塑料箱，慢慢地走向宿舍。冷风吹过，我看不清他们的表情，一种敬畏之情却肃然而起。突然意识到，自己还有半年就要升入高三，只要一谈起高三，眼前就浮现出“千军万马过独木桥”的悲壮场面，一想到这即将发生在我的身上，我的心就“扑通扑通”加速跳动。紧张、茫然、不知所措。

当初选择了文科，毅然决然地放弃了理科。那时觉得，在他们都为物理题想破脑袋的时候，我却捧着一本史书津津有味地看着，是多么美好而又惬意的事情。后来才发现我错了，文科一样辛苦，可能会更加需要努力、需要拼命。

理科的题都是万变不离其宗，一旦学会了，掌握了解题的思路，聪明的学生玩都能玩出个状元来。而文科就不一样了，知识面很宽，需要读很多书，背很多笔记，还要将整个地球装进脑袋。一旦松了劲，成绩滑得特别明显，大起大落，似过山车一般。要想永远保持好的排名，就要抓紧一切时间背书背书再背书！

当别人迎着朝阳悠闲骑车时，我们早已读声朗朗，迟到的同学捧着书在走廊里罚站，当别人在饭桌上享受美味与片刻的轻松时，我们在食堂飞快地吃完饭，顾不得胃的消化，坐在教室提前开始晚自习。走到哪里，兜里都随身携带一个小本子，上面是单词或者笔记，即使在周一升旗的时候，也要拿出来看几眼。

我其实很厌恶死读书的孩子，觉得他们不就是扎着脑袋学习嘛，他们放弃了自己灿烂的青春，放弃了人生中仅剩的一点年少时光。于是，在别人整理笔记的时候，我在看小说写小说，在别人抓着头发做不出来数学题的时候，我在和同学聊天聊得火热，在别人对着墙角大声背书的时候，我从旁边抱着篮球潇洒地走过。

突然有一天，班主任照例在讲台上召开班会，我一个人无聊地玩着钢笔，只是有一句话猛地钻进了我的耳朵，她说："现在是个关键时期，但是很多同学变得非常浮躁，完全忘了你们为什么要坐在这里，如果有时间，不，只要你们把玩游戏的时间抽出来几分钟，到高三的教学楼看看，我相信你们一定不会白去。"

一天午休的时候，我从高三的楼旁经过，耳边响起了那句话。我嘴一撇："我才不信呢。"

刚要往前走，脚步却不听使唤，在好奇心的驱使下，我不由自主地走了进去。

长长的走廊，只有几位同学对着窗子小声地念书。出乎我的意料，脚步竟然变得轻盈，生怕吵到了他们，仿佛他们在进行一项很神圣的任务。我看到了贴在教室门口的课程表，除了高考要考的科目外，就是自习课，单调却很充实。教室里无一人说话，墙壁上贴着每个人的梦想与鼓励的话语，每个课桌上都堆着厚厚的书与练习册，书堆里是埋头学习的高三生，

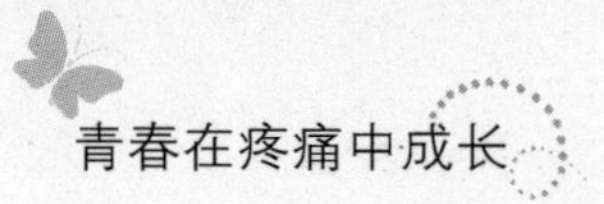

笔迅速地划拉着，试卷做了一张又一张，一套又一套。

高三是那么近，近在咫尺，近得一伸手就能摸到。

曾经的我觉得，每天就这么混吧，混一天是一天。

小心日子把你混了。我突然想起《士兵突击》里的一句话。

当初在书桌上贴的字条“存天理，灭人欲”，早已被我丢进了垃圾桶，当初每天起床后说的第一句话“我要上北大”，早已如浮云飘到了远方。我忘记了曾经的誓言忘记了曾经的目标忘记了我的路该往哪走。

仿佛有人端着一盆冷水从头泼了我一身。

我被震撼了。走出教学楼的时候，阳光刺得我只想流泪。

以后的日子里，我试着像一头黄牛一样踏踏实实地学习，才发现自己浮躁的心情难以平静，才发现那些曾被我极度厌恶的同学，低下头扎实地学习需要多么大的勇气与毅力。

小学六年，初中三年，高一、高二。我翻过了无数个大大小小的土坡，走得辛苦却也值得，而如今，我已经走到了高三这座高山的山脚下，我仰起头，山高得望不到顶。

我有过畏惧、茫然，可我没有退路。我是一个不服输的人，别人能做到的事情，我为什么做不到？

高三，高山，我们拼搏奋斗了这么久，终于走到了最后这座高山面前，哪怕多么高多么陡峭，哪怕爬上去疲惫不堪、困难重重，只要相信，翻过这座高山，就是一马平川的大路，会有鲜花的芬芳，会有阳光沐浴的温暖。

翻过高山，就是光明与未来。

那么，我还有什么可怕的。

锄禾日当午，汗滴禾下土。谁知盘中餐，粒粒皆辛苦！

——李绅

最后的狂欢

纸杯里凉了的汤圆，混着瓜子皮的花生，墙上的粉笔字，投影上老师笑着的祝福……旧的一年已经过去，新的一年就这样到了，这个被称为末日的恐怖的2012年，这个被称为实现梦想的高考年，就这样不紧不慢地来了。

冬天的阳光，暖暖地照在脸上，地板上投下斑驳的影子。我拿着扫帚，扫起最后一片橘子皮，看着它顺着冰凉的簸箕滑到垃圾桶里，不见了踪影。

我们的青春时代，狂欢时代，也到此终结。

我们这届是第一次在高三举办联欢会的，往常的学姐学哥，穿过长长的走廊，听着高一高二的同学敲锣打鼓，嘴里却还要默默念着古诗文或者公式和单词。

而我是一个对联欢会又盼又怕的人，盼着可以从繁重的书本中探出头来喘一口气，忘掉学习的烦恼，忘记失败的滋味，抛开一切不愉快的浮云，只一心沉浸在欢乐喜悦当中，怕的是，这快乐太短暂了，短短的两个小时，笑过之后，却又不得不面对现实。

狂欢后，留下的是一片狼藉。不知道为什么，这次突然没有像往常一样冲回家，而是安安静静地将桌子上的果皮与食品袋收走，将桌子整整齐齐地摆好，或许这是最后一次了吧，总觉得应该为与我共同奋斗了这么多日子的班级做点什么。

长大之后，回忆起学生时代，恐怕不会有几个人记得曾经自己难过了很久的不理想的分数，不会有人记得某次排名自己掉到了倒数几行，不会有人记得上课的那些公式定理的推导。我们往往记住的，是与同学在一起的美好时光，在跑道上为了班级争光留下的汗水，在联欢会上一起唱歌的旋律，在游戏中输了受到各种奇怪的惩罚。这些记忆，散发着清新的气息，散发着金黄的光芒，将青春之树点缀得更加郁郁葱葱。

联欢会上的我，坐在最后一排的一个角落。看着大屏幕上一幅幅共同奋斗的图片，一张张熟悉的笑脸，集体舞中穿军装的气质，趣味运动会上手拉手的团结，社区活动中尘土飞扬的热情，听着老师对我们新的一年的祝福还有“元旦我保证少留点作业”的话语，班里的笑声一浪接着一浪，我笑着笑着，发现眼角流出了眼泪。

美好的泡沫，也只有一瞬间的晶莹剔透；绽放的烟花，只在黑暗中耀眼一次。留住美好，是童话般的幻想，只要曾经拥有，就是幸福的。

小时候的脑子里，友谊只是一个简单的名词，在同学录上高喊着友谊万岁，离开之后便有了新的玩伴。而现在，友谊有了新的内涵，它代表着共同奋斗，代表着心与心的沟通与理解，代表着一个眼神便能看透你的所有，仿佛深入灵魂。

有人说，人生就像一场旅途，我们每一个人都是大巴司机，一路上，乘客上上下下，能陪自己到达终点站的人，寥寥无几。而我的高中，也即将到站，会有人从车上下去，尽管有些不舍，尽管心中千万个不愿意，却终究无法挽留。我们还应该从泪水中微笑地继续向前，等待着有新的乘客，进入我们的世界，陪我们走过一段美好的路程。

纸杯里凉了的汤圆，混着瓜子皮的花生，墙上的粉笔字，投影上老师笑着的祝福……旧的一年已经过去，新的一年就这样到了，这个被称为末日的恐怖的2012年，这个被称为实现梦想的高考年，就这样不紧不慢地来了。

而有你们的陪伴，与我同一个战壕里战斗的弟兄姐妹们，在我人生的大巴中度过最难熬的一段时光的朋友，我想我不应该再害怕了。

凡鸟要成彩凤，寒儒要变贵人，需要的是造福于人和智慧自身相结合。

——方海权

高三·成长

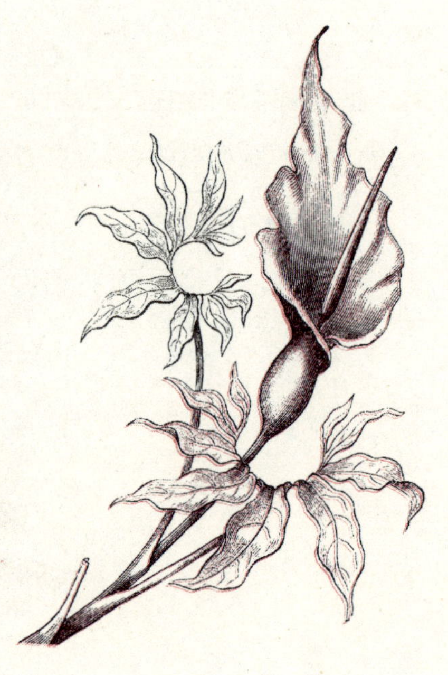

逃避现实的人，未来的生活将更不理想。高三就像是人生的一个缩影，有成功也有失败，有大起大落有大悲大喜，有人哭就有人笑。只有真正经历过，才会将自己尚未成熟的心灵磨炼得更加坚强，才会有更强大的承受力，来承受今后人生道路上更多的挫折。而这一切都离不开一个平和的乐观的心，一颗向善的心，一颗不被世俗功名烦恼羁绊的心。

那段日子，是她高三最黑暗的时光。一向坚信“努力终会有回报”的她，一次又一次地被无情的分数与排名打败。天空永远是灰暗的，压抑着她的神经，她满脑子都是班主任的那句刻骨铭心的充满力量的话：下次你要是再考不好，我就撕碎了你。她明知道这只是一句玩笑话，可是她的泪还是静静地流了一天。

她觉得，也许这只是一次偶然，是上天不小心冲自己打了一个喷嚏，希望还是有的。

她又像往常那样每天早早地到校，很快速地把煎饼吃完，然后继续埋进书堆，和班里所有寻梦的同学并肩作战。算不出来数学题，她会突然变得很急躁用笔将草稿纸划烂，她会在费尽所有脑细胞去研究地球运动的题时，突然大哭起来。她的压力仿佛大到了极点，她会在梳头发的时候盯着掉进手里的大团大团头发感到莫名的恐慌，她连走路的时间都视为是一种浪费，每天除了埋首无穷无尽的课本与习题中，就是抬一下头，看到自己面前那只嗒嗒作响的钟表以及不断逼近的令人窒息的倒计时。

她心中默念着：前途是光明的，道路是曲折的。一次又一次走进考场，可是出来的时候，天并没有像她想象的那样变得晴朗。

是一次比一次沉重的打击，是班主任一次又一次的谈话，从来没有经受过大风大浪的静卧在鱼缸里的小贝壳，第一次深深地感受到被遗弃到海里又被海浪卷上沙滩翻滚摩擦的疼痛。

她突然被磨平了所有的棱角，失去了所有的锋芒，她变得非常自卑，并对生活不再抱有希望，她甚至想到了退学，认为上学就是在浪费青春的美好，还不如做自己喜欢做的事情，将那些为了高考舍弃的爱好拾起来，写散文、读小说。但是她只是想想罢了，从床上不情愿地爬起来，强迫自己坚持到学校。

她还记得那天，班主任从她身边经过，对她同桌说：你的卷子怎么这么干净，一点痕迹都没有，你看看人家，写满了字，各种颜色。她突然开口了：也许因为我错的多吧。

她说那句话的时候是低着头的，无力的颤抖的声音。别人都说她不自信，她也知道，可是当自己一次次的希望与信心被现实无情地击碎时，那种感觉让她想起小时候，用了一晚上的时间亲手做的泥陶娃娃，被调皮的男生一把抢过去，在互相扔来扔去的过程中，她眼睁睁地看着它落地，完美的抛物线，清脆的声音，碎成了无数块。

希望与努力也碎成了无数块。

她也曾鼓励自己，说下次一定会好起来的，所有人都给她信心，说一定会看到成功的那一天，可是一次次的失败让她忘记了什么是信心什么是坚持什么是愈挫愈勇义无反顾。她像水晶小兔一样，脆弱得不堪一击。

于是她学会了默默地将泥娃娃残缺不全的躯体从地上捡起来，学会了强忍住泪水面对鲜红的分数，学会了对任何事情不再抱有希望，是因为怕失望的剑再一次插进她幼小的心房。

她还记得班主任说：哭就代表了懦弱，代表了屈服，代表了妥协，人生的路还长着呢，这点小挫折就被打败了，那以后的路怎么走？

她十八岁生日的时候，没有蛋糕与鲜花，但是她对着天空许下了一个愿望，希望自己以后能变得更加坚强。

于是她终于放下了。难过也是一天，快乐也是一天，何不让自己快快乐乐地上学，放下一切压力与烦恼，轻装上阵？她一直想达到一种宠辱不惊的境界，她也在慢慢改变自己。发下卷子的第一件事不是去看自己的分数，而是看自己错在哪里，不是用泪水缓解生理上的压力，而是用理智寻找问题的根源。周日在天还没亮的时候打开教学楼的第一盏灯，屋子里静得能听到自己的心跳。无论结果如何，只要努力就问心无愧，父母一句句支持与鼓励的话，在失意的时候拍拍她的头，在伤心的时候，一个温暖的拥抱，代替了那些烦躁与不安。她也习惯了偶尔抬头看天上云卷云舒，放下自己急功近利的浮躁的心，享受生命中的美好，乐观地生活下去。

周围的一切事物都没有发生变化，书还是那么厚，题还是那么多，只是钟表还在一圈又一圈地旋转，小黑板上的数字越来越少，她的心越来越安静平和。

期末考试过后，毫无准备的她，在看到自己的名字赫然排在第一行的时候，泪水猝不及防地掉了下来。

那句话没有错，努力终会有回报。这其中的辛酸，这包含的泪水与汗水，只有她自己知道。

逃避现实的人，未来的生活将更不理想。高三就像是人生的一个缩影，有成功也有失败，有大起大落有大悲大喜，有人哭就有人笑。只有真正经历过，才会将自己尚未成熟的心灵磨炼得更加坚强，才会有更强大的承受力，来承受今后人生道路上更多的挫折。而这一切都离不开一个平和的乐观的心，一颗向善的心，一颗不被世俗功名烦恼羁绊的心。

她是真的长大了。

我们这一代就是施肥的一代，用自己的血灌溉快将实现的乐园，让后代享受人类应有的一切幸福，这就是我们这一代的任务。

——李卡

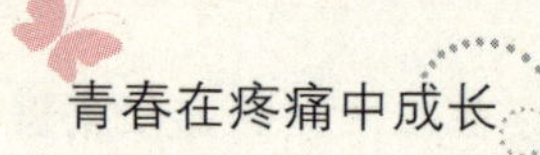

考神不是童话

原来，我才明白，没有什么考神，没有天才，每个人都能改变自己，只要你想改变。

她从小就被娇生惯养，像一个小公主一样，衣来伸手，饭来张口，她不懂得奋斗与努力的含义，每天理所当然地享受着父母提供的一切。

上初中的时候，她成了最令老师头疼的学生，一个女生淘气起来有时候比男生还厉害。

上课睡大觉已经成了每天必修的内容，漫画书被看得起了毛边，而课本还是崭新的一个字没写过，经常面对面顶撞老师，有一次竟然把一位年轻女老师气得掉了眼泪，放学和一帮子男生去网吧玩游戏，通宵看电影，在老师和家长的眼里，她是最不可救药的孩子。

毫无疑问，中考的分数很低，父母很焦急，她却一点都不在乎，不学习照样能过很好的生活，反正家里有钱，她这样想着，依旧每天混日子。

一天，父亲带着重重的礼品，她不情愿地跟在身后缓缓地走，一路沉默。她还记得，那天下着大雨，他们打着伞在走廊等候，两个人隔着很远的距离，因为父亲工作忙，她平时没有时间好好地看他，这一次，她突然发现，为了家庭为了事业奔波劳累的父亲，苍老得竟是那样快，白色染上了他的头发，皱纹也愈加明显。平时不常吸烟的他，此时竟然点了一支烟，猛烈地吸着，然后咳得厉害。烟雾缭绕中，她仿佛看到了父亲打拼多年的每一个场景，她每天享受的便是由父亲无数滴汗水与泪水铸成的生活。

心里突然有什么东西颤了一下，她将头扭向了一边。

里面的人说的等一会儿，其实是一个小时。她看见在自己心目中高大的父亲此时竟佝偻着腰，满脸是比哭还难看的笑，一个劲儿地点头哈腰。他从来没有见过父亲这么卑微低下的时候，她自己都想找个地缝钻进去。

为了她，父亲放弃了尊严。她自己却还不知羞耻地得过且过，浪费着父母的血汗钱，浪费着自己美好的青春年华。

她将伞微微倾斜了一个角度，挡住了这一切，同时也挡住了自己，那张泪流满面的脸。

她还记得，那窗台放着的一盆花，红得那么耀眼。

由于托关系，她得以进入这所全省最好的高中，她发誓，自己再也不要让父亲丢脸，再也不要让父母替自己担心。

可是因为底子薄，加上高中学习的难度大，她高一的时候，每天在泪水中度过。怎么也搞不懂的物理化学，像一个噩梦缠绕在她的心头。付出百分之百的努力，却得不到一点收获。

人际关系非常差，心情糟透了。她唯一的解脱方式便是写日记，和自己对话，倾听自己的声音。

高二分班，她毅然决然地选择了文科。刚进入文科班的时候，她在心里暗暗地说：这是一个全新的世界，没有谁知道谁的过去，我要变成一个全新的我。

她将所有漂亮衣服都锁进柜子里，将所有的小饰品都放进箱子里，将电脑用胶带封上，将游戏账号全部送人，将漫画书都卖了，穿上校服，梳一个马尾，她对着镜子里干干净净的自己笑了。

在那之后她发疯了一样地学习，每天第一个到校，一边看历史书一边啃面包，去厕所的路上都要背几个单词，下课围在老师身边问问题，买很多不同颜色的笔做笔记，划重点，写下自己的感想，书摞在地上半个人高。

也有累的时候，她就轻轻地趴在桌子上，听着 Justin Bieber 的歌，然后继续埋进书堆。

第一次月考，大家都围过去看排名，她透过人群的罅隙，很自然地从倒数几个看起，没有自己的名字，她一直往上看，突然发现，自己的名字竟然是第一个。

她捂住嘴哭了。

之后，她的成绩再也没有掉下来。她成了我们心目中的考神，每次考试前，都去她的座位上坐一下，沾沾她身上的仙气。

老师同学都说，她是一个好孩子，有天分，肯定从小就爱学习。

而只有我知道，她的过去。

当她给我娓娓道来这一切的时候，表情很平静，偶尔还会有一丝微笑，而我早已抑制不住自己的泪水。

之后的我，也像变了一个人一样，把最喜欢的衣服都放了起来，绑头发只用黑色辫绳，每天只穿校服，一个星期不洗澡是很正常的，远离从前那些逛街聊八卦的朋友，每天只和她一起走。开运动会的时候，我们两个偷偷跑回教学楼，班里的门锁着，我们就坐在楼梯上，安静地看书做题。

后来慢慢地，我也能达到她的高度，她笑着说，你好棒。

原来，我才明白，没有什么考神，没有天才，每个人都能改变自己，只要你想改变。

数学是最令人头疼的一科，于是像她一样认真写数学笔记，每一页都用不同的笔记录，有时候算着算着都会掉眼泪，她拍拍我的肩膀告诉我，一切都会过去。

是的，一切都会过去。

如今我们刚刚毕业，她又换上了漂亮的裙子，经历了寒冬的等待，她像一朵花迫不及待地绽放美丽。

我们相拥，感谢她与我并肩高考的日子，感谢她让我懂得：考神不是童话。

生命是以时间为单位的，浪费别人的时间等于谋财害命，浪费自己的时间，等于慢性自杀。

——鲁迅

迷失的葵花，你在哪儿

可是你现在，握着它们残缺不全的尸体，那些白花花的碎片，浸染了当年热泪的碎片，看它们顺着风的轨迹轻轻飘荡，毫无规律地杂乱地飘着，像你已经四分五裂的心脏。你在想，它们会恨我吗？恨我让它们找不到家，恨我让它们同我一样迷失在这个夏末。

你站在湛蓝湛蓝的天空下，白云还保持着飘去的潇洒姿态。你的身后是大片大片的向日葵，翠绿色的叶子层层叠叠，挡住了细长的茎，每一个花盘都努力地向上拔着自己，拼命仰着头，望向你的前方。你被太阳绚丽耀眼的光芒刺得眯着眼，却还那么快乐得如那一个个伸长脖子的葵花，咧着嘴露出洁白的牙齿，带些傻气地笑着。你的照相姿势一成不变，从幼儿园的集体照到穿着乳白色长裙束着长长马尾的现在，那个耶的手势，永远在右耳边斜斜地伸展着，你总是在别人说你又犯二了后嘟着小嘴反驳道，这是代表胜利开心的手势。然后一脸得意地甩甩辫子离开。

你看着这张照片，以及上面的四个大字——寻人启事，皱了皱眉。一行不算太工整的略带潦草的行楷，夹着仓促慌张的味道扑面而来：迷失的葵花，你在哪儿？

曾经的你还是那么充满豪情壮志，你坐在篮球场旁边的台阶上，你大声说着，以后我要和他，你指一指那个穿着白色球衣的男生，在黑暗的夜色下轻盈地运着球的男生，白色的背影在空中闪过一段优美的弧线，我要和他一起去那个长满樱花的世界，我要和他，一起并肩走在洋洋洒洒的花瓣飘落的季节，一起迎接温暖的阳光早早地到来，一起大声说笑着在葱茏茂密的树林中穿行，帮他擦不小心挂了彩的额头，弯着腰大笑说为什么不去买彩票，你的中奖率这么高。

你的脸上还挂着憧憬与喜悦，你大声说着，沉浸在自己的梦想中。你突然拉起闺蜜的手，在铃声响起的前一秒冲回教室，混在那些带着汗珠与意犹未尽的人流中间，闻着那些青春洋溢的气味，浓烈得你的眼眶湿了。你轻轻一抹，看到了桌子上写的话。然后埋下头，将自己隐藏在那摞起来高高的书本后面，看不见脸。

你的心里充满着兴奋，你的脑海中是对未来的渴望，你的世界仿佛只有梦想，也只有梦想的力量能让你坚持坚持再坚持。偶尔有非常累的时候，你安安静静地趴在桌子上，耳机里放着许嵩的歌，仅仅听了没有两句就开始落泪，轻轻地哼着，哼着哼着便开始哽咽。再也找不到当时的感觉了，你的耳机里仍然响着那首歌，只是你的心早已变得麻木，早已不再轻易感动。

你突然想起有那么多个清晨，你骑上单车穿行在核桃树叶密密匝匝编织成的黑色网中，迎着金黄色的朝阳细碎的光，像动画片尾英雄胜利时散发出的金色光芒。你又充满了斗志。你猛地刹车，冲阿姨笑了笑，她快速地递给你一个刚刚摊好的煎饼，你把钱放到车子里那个油腻腻的桶里，不顾旁边排队的人疑惑的眼神。你看看手表，一分不差。那么多人关心你呵护你，你怎么能输。可是现在，你却开始觉得自己对不起那些提前预定好的煎饼，你觉得它们不配进入你的肚子，应该进入状元的肚子里。你进入空荡荡的教学楼，推开门，打开灯，听着墙上钟表的滴答声，一边哨着一边看着课本，默念着那些单词与词组。

你突然想起有那么多个黄昏，你一个人偷偷跑到外面的走廊，掩住门，一遍又一遍背着马克思主义哲学，一直到抬起头能看到星星在闪烁，头上昏暗的灯晃着橙色柔和的光，你听见麻雀仿佛也成了哲人，与你一起讨论那些深奥的大道理。

你的夹子里，最上面，有那些皱褶的打印纸，黑黑的字迹密密麻麻，那些看了不止五遍背了不知多少字句的励志文章，一次次被泪水浸湿的氤氲成一团团黑色的墨迹的文章，曾是激励你一步步前进的动力，你把它们放在最明显的地方，你把那些好句子用粉红色荧光笔勾出来，你每天用这种醒目的明亮的色彩刺激自己，刺激自己的大脑刺激自己的心房，刺激自己逼迫自己挨过最难熬的时光。每当这时，你的心中总是有一股热忱的暖流，从头到脚，温暖了你度过一个个严寒的冬天。

可是你现在，握着它们残缺不全的尸体，那些白花花的碎片，浸染了当年热泪的碎片，看它们顺着风的轨迹轻轻飘荡，毫无规律地杂乱地飘着，像你已经四分五裂的心脏。你在想，它们会恨我吗？恨我让它们找不到家，恨我让它们同我一样迷失在这个夏末。

你越来越喜欢把自己封闭在密不透风的屋子里，平躺在床上望着天花板，细细数着那些纹路，会不会也如缓缓流过双颊的液体有着相同的轨迹。你用音乐麻醉自己的耳朵，大声的震颤感可以让你暂时忘掉门外传来的电话声，你拒绝那些好意的询问，那些关心就如同一把把刀子深深地戳进你本来就血肉模糊的身体里。你拒绝一切有关于成绩录取高考大学有关的话题，从那个晚上开始，就注定了这是一场永远也醒不了的噩梦。

你关上门，在黑暗中，你将那些小纸条撕得粉碎，你将地上摞的一人高的书籍全部推倒，你将墙上贴的标语全都扯下来，你像地下党一样敏感而警觉，揣着惴惴不安的心，仓皇而逃那个叫做梦想的国度。

手机的光一闪一闪的，他说，我们都败了。你的泪至此才流了下来。

有没有人听到过梦想破碎的声音？你听到了，巨大的轰鸣声，在耳畔久久不肯散去，缠绕着与忧伤交织在一起。

你看不得窗外一点点上升的萤火，你再也不信孔明灯再也不信许愿池再也不信占卜与星座。可是你的床头，仍然安安稳稳地躺着那本《圣经》。

你再也懒得去打理自己的头发，你不再梳高高的马尾，你把头发散下来，长长的漫过肩，像海藻般柔顺地贴着肌肤，给自己最后的安慰。大家都说没问题的大家都说可以的怎么回事究竟是怎么了。你捶着自己的脑袋绕着自己早已蓬乱的长发，试图问个明白。

你抓起一本杂志砸向墙壁，上面有一篇你最爱看的文章，你曾说以后我就这样写，写得让学弟学妹们看了都备受鼓舞与振奋，都充满热情忘掉痛苦一心向着高考，一心向着梦想。你食言了。你也不想这样。你颓然地，顺着墙壁滑到了地上。你曾说，要是你没有缘分与樱花共度，就去西藏一步一叩做个虔诚的朝拜者。可是你的身体日益地消瘦，因为不吃不喝不见阳光，垂死的枯败的葵花，如何经得起缺氧和高寒。

路有很多条，不必偏偏撞向死胡同。不要在消沉时，放纵自己的萎靡。在谷底的时候，只要你抬脚走，就会走向高处，可如果你躺下不动了，这就是坟墓。你念着句子，念着念着就会很烦躁，烦躁到推开窗都有跳下去的勇气。

可是你还记得曾经的你吗？那个一心向着阳光追梦的葵花，那个大声在喇叭里喊着梦想喊着希望的永远不知道悲伤的葵花，那个拼了命也要仰起头不顾一切感受阳光的温度的葵花。你在哪儿呢？

曾经的你小心翼翼地望着远处失意的好友，那个被考试挫败的好友，正在好奇地打开你递的纸条，你看到她脸上露出了一丝微笑，她肯定看到了你写的那些温暖的充满力量的话语，还有你画的那个并不漂亮的大大的笑脸。

曾经的你拍着好友的肩膀说咱们一起走下去，走下去就会看到希望；高考算什么大学不上又怎样，人生有那么多条路可以走，为什么一定要挤独木桥；没关系的大不了我们一起闯荡，江湖那么大，还容不下我们几个

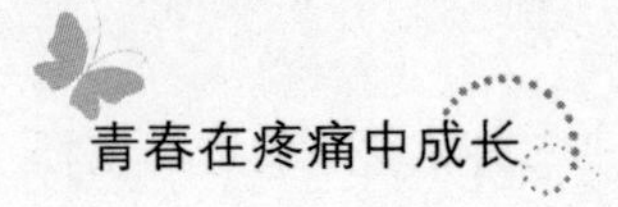

小女子？

曾经的你奔跑在操场上，汗水与泪水交织地洒落在塑胶跑道上，你们的大脑需要氧气，你看着旁边的同学，你冲她微笑，你说跟上来快点，咱们一起为梦想积聚能量。

曾经的你认认真真仔仔细细地打扫教室的每一个角落，你希望大家能够在一个干净的环境下学习，你悄悄地将教室后面的暖壶打满水，你希望大家能够在渴的第一时间喂饱那个疲惫不堪的干瘪的身躯。

你知不知道有人在找你，有人疯狂地在找曾经的你，贴满了寻人启事，一张接着一张，那些明黄色的向日葵还有阳光的金色，绚烂了整个夏季，却始终没有绚烂你的眼。

夏末的雨，滴答滴答。我怀里揣着最后一张寻人启事，贴到了镜子上，盖住了那张憔悴的惨白的脸，却盖不住不断掉落的两行泪水。

照片上的我，被太阳绚丽耀眼的光芒刺得眯着眼，却还那么快乐得如那一个个伸长脖子的葵花，咧着嘴露出洁白的牙齿，带些傻气地笑着。

迷失的葵花，你在哪儿？

答应我，当明天清晨的第一缕阳光钻到你的脚心时，你就回来。

好不好？

我是春蚕，吃了桑叶就要吐丝，哪怕放在锅里煮，死了丝还不断，为了给人间添一点温暖。

——巴金

葵花女孩的追梦旅程

柠檬们，感谢你们一直以来伴我左右。因为你们的陪伴，我才得以成长。柠檬树会越来越大，新的枝杈会生新的叶子，叶子连着叶子，一直延伸到我们每一个人的心，将我们紧紧相连。

若是记忆会长翅膀

我背着书包，走出了教学楼，这一走，就再也没有机会回来了。我轻轻地扭头，望见了那棵长得像西兰花一样的大树，葱葱郁郁的，在盛夏闷热的空气中疯长着，每一片叶子都在膨胀，挡住了窗户，挡住了班，可是记忆啊它却像长出了翅膀一样，从枝叶的罅隙间飞到了我的脑海里。那时候的耳机里正在放李闰珉的《Kiss The Rain》，我最喜欢的一首钢琴曲，总能让人浮躁的心沉静下来，在这个异常纷乱的世界中，找到应该属于自己的位置。那一刻，周围激动兴奋抱成一团的喧闹声，拍照留念大声喊的"茄子"声，都在瞬间被抹杀掉，一切安静得只有那钢琴优美的旋律来来回回地穿行。这个我们生活学习了三年的高中的校园，如今一别，不知何时才能相见。我一直是相信缘分的，缘不断，情总会相连。

这里，带给我的不仅是知识，还有成长的感动，人生的思考。尽管大家都说高中三年，就像是在监狱一样，每天除了学习还是学习，教学楼、食堂、宿舍三点一线，像是既定好的轨道一般，无法逾越。但是当你真正经历过后就会发现，高中不是恶魔般的地狱生活，而是苦行僧求取真经必需的磨炼之路，磨炼了你的身体磨炼了你的思想磨炼了你的灵魂，你得到的，是一生宝贵的财富，似贝壳中历经等待结成的珍珠。

我的高中生活，和普通人没有区别，只是作为一个行走在人群中的记录者，比别人有更多的感触与思考吧。我怀着一颗敏感近乎脆弱的心，努力做一株向日葵，哪怕经历了风霜雨雪，都无法阻止我一直面向太阳的脸庞，微笑。

像向日葵一样成长

那是中考完的暑假，和任何一年的夏天没有两样，我和好友顾不上头顶的骄阳散发着烘烤蛋糕一样的热量，挤进公交车，晃晃悠悠地来到图书馆。那是一种经历了很久未看过闲书日子后的饥渴难耐，面对着各色各样的小说，竟不知从何下手。随手一翻，脸瞬间变得通红。那可是写我们90后一代的小说啊，可是为何如此不堪入目？堕胎、割腕、暴力、色情……种种灰色文学充斥着书架，不敢再往下细读，仿佛面对的那本书，轻轻翻一页，便会跳出来一个魔鬼，张着血盆大口，将你撕咬吞噬。

不知是否是空调的冷气开得过足，仿佛一阵冷风拂过，我不禁打了一个寒战。冷，心冷。我们90后也是有爱有责任有自尊的，我们过着的是阳光般的生活，我们充满了希望与梦想，并且为之不懈努力奋斗。很多同学，都在课余时间做一些很有意义的事情，有时去敬老院看望爷爷奶奶，有时去少保所关照那些需要指导的孩子，有时组织扫大街扫小区，有时去幼儿园教小朋友学习，这些美好的积极向上的故事没人写，只是为了吸引眼球寻找刺激，选择那些非主流的文字。多少同学痴迷并深深陶醉于那些看起来掉泪的压抑的文章，他们觉得生活就是这样灰暗的、颓废的，那些书籍给他们带来许多不良影响，但是越来越多的文学爱好者继续无病呻吟、乐此不疲。

在QQ上，有很多与我年龄相仿而且喜爱写作的人，他们写的文章，多是忧伤的凄凉的，他们称那是另一种美。我观察了一下，这些人的头像，大多是黑色或者灰色的，空间不少有十字架、葬爱、抽烟、割腕的网络图片，给人一种非主流的感觉，日志读起来泛着淡淡的忧伤，一句简单的话语也能写出撕心裂肺、痛彻心扉，再加上背景音乐的哀婉悠长，令人充满了压抑与悲伤之情。

很多人说90后是颓废、脑残的一代，我并不承认，但是确实存在一些同龄人，由于受到社会上一些信息的影响，在尚未成熟的人生观价值观上出现了偏差，有的盲目模仿偶像，学他们的样子抽烟喝酒打架，有的沉浸在韩剧、爱情小说中不能自拔，严重影响了学业，有的甚至影响到了一生的幸福。

我一直说，一本书的力量是巨大的，一个人读什么书，自然会在潜意识中形成什么样的观念。于是，我想写一本对得起90后的书，一本教人向善的书，一本能够解决青春期烦恼与困惑的书。《像向日葵一样成长》便是利用中考后的暑假写完的，小说讲述的一帮初中生的故事，从当初不爱学习沉迷网吧的坏小子到一个知道勤奋努力的好学生，从叛逆的女生到乖乖女，都代表了一种向上的力量，像向日葵一样成长，面向阳光，满心希望。

其实，这个长篇小说的初名是《跌跌撞撞》，当时我投给一位征集长篇小说的报社的编辑，他看过后，邀我去谈谈。那是一间很朴素简单的办公室，编辑老师是一个居士，慈眉善目，信佛，不杀生不吃肉。他说的第

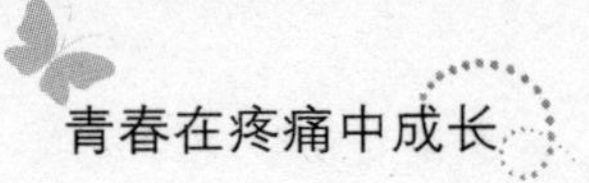

一句话就是:“这个题目不太好。”我笑笑，我说:“我的原意是，每一个人都是在跌跌撞撞中逐渐长大的。”他告诉我，一本书的题目很重要，要起的阳光向上，人们看了之后，才会有一种积极的感受，哪怕不细读，也会有很好的作用。另外，不能学某些畅销作家，写一些乱七八糟的东西，虽然销量很大，挣钱很多，但那些都是不义之财，一个人因为读了你的书而做出一些不好的举动，回向到你的身上，自己也会有不好的结果，那些暂时的金钱繁荣都是虚假的泡沫。我似懂非懂地点点头，若有所思。

那之后，我修改了题目，也将小说中的一些章节进行了删减，最后顺利出版。后来我再去找那位编辑老师时，他已不在那里工作了。我愣在原地，仿佛是上天派来的一位有缘人，给我指点了一番，指明了正确的方向，剩下的路，是要靠自己走的。

待我醒悟后，再去寻找真谛。

一只被排挤的丑小鸭

该用什么词来形容我的高一呢？打个比喻吧，就像一只被同伴排挤的丑小鸭。我是以中考成绩班里第一进入的这所全省最好的高中，当时雄心壮志，气宇轩昂，却不知，上了几星期的课后，对物理的不知所云和对化学的一头雾水彻底浇灭了我对高中热火般的希望。

我是天生就对理科不感冒，好像是我上辈子与数理化有仇，动不动就来一场兵戈之乱，他们挥着手里的长矛短枪，对着我就是一阵乱刺，然后看我倒在地上奄奄一息的样子，发出一阵邪恶的狂啸。

“我受不了啦啊!”我常常这样在自习课发出怒吼，吵得同桌直对我翻白眼。

是的，他是一个处处都比我强的男生，没有先修，竟然毫不费脑子地听懂课，然后用最快的时间把作业完成，拿出一本小说津津有味地读着。而我通常是省略了前两步，直接跳到第三步上。

我们坐在一起，除了吵架就是吵架，我狠狠地对他说:“学习好有什么了不起的？我问你一道题你都不搭理我，你以为你是谁呀？是太上老君还是玉皇大帝?”

他通常连头都不抬一下，我透过他那双黑框眼镜，瞥到他的眼睛，一眨不眨地盯着书上的字。我顿时瘫坐在椅子上。

我的自尊与骄傲被一点一点地埋没在心里最隐蔽的地方，直到上面长满荒草。

之后的每一次月考，我清清楚楚地记得，由于数理化拉后腿，我常常徘徊在十名以内，倒数的。

而我物理最低的一次，分数是十六分，当时我们班是十六班，同桌拍拍我的肩膀，拿着我的大好河山一片红的物理卷子，说了句:“这分数真对得起咱们班。”

而我只有面对这恶心透顶的分数咬咬牙，努力使自己的眼泪不掉下来，至少不在他这个妄自尊大的家伙面前。

他好心说了句:“改改吧。”然后把卷子推到我的面前。

我把卷子一翻，白花花的背面闲着也是浪费，不如来点涂鸦。我用最喜欢的粉色荧光笔写着我的感受，把我的整个心都掏了出来，我写道:“在这个人才济济的校园里，我像一只被人排挤的丑小鸭，学习不好，人缘又差，不敢面对老师不敢面对同学，不敢面对那些绞尽脑汁也想不出来的物理题，我真的好绝望好伤心……”有时候，写着写着，会对着一道道由于太使劲的错误叉划破了卷子的红色印痕发呆。那是一段不被人理解的时光，那是一段天天以泪洗面的时光。

和一群数理化极好的家伙们在一起，我真的很孤单，我常常和一些同

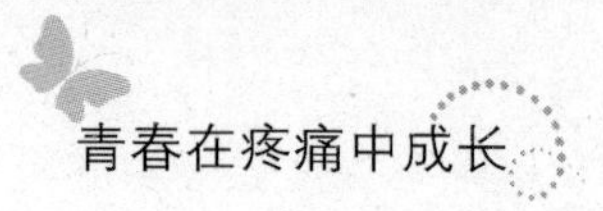

样学不会理科的女生拉着手，安静地站在走廊的尽头，望着天上云卷云舒。享受属于我们的小小寂寞。

后来，便分了文理，这种痛苦的日子，终于画上了句号。

现在回过头来，还心有余悸。人无完人，有一长必有一短，只有找准适合自己的目标，再去努力，那样才不是徒劳。所以，不要灰心更不要失望，相信上帝在前方为你开了一扇窗。只不过，有时候你要有勇气走过去，推一下，看看它有没有关上。

触碰到梦想的云彩

在高三繁忙的学习中，我的新书《我的青春是首歌》也出版了，市作协和省散文学会为我举办了一次作品研讨会，那真是胜友如云，高朋满座。

第一次面对各路文学中的英雄好汉，或文笔犀利或文风细腻，或感情奔放或笔锋含蓄，聚在一起，讨论着一个话题——关于我和我的文章。

我一向不读自己写的文章，觉得面对自己的文字有些不适应，有些文章看起来觉得非常幼稚，但毕竟是小时候写的，没有太丰富的阅历，没有太多的文学知识，表达不出来什么深刻的道理，被大家一看，常常是自己先羞红了脸。

我近期写的青春文学中，关于校园中的点滴故事，友情的师生情的，或感动或思考，亲情的一组散文，常常令读者看红了眼睛。他们说我的文字有一种震撼人心的力量，是一种真实的情感，毫不做作，用最流畅的语言写出来，表达最美好的愿望。

研讨会上有老师中肯的批评，有对未来道路的指点建议，有动人的鼓励与支持，让我非常感动，面对这么多关心我爱护我的长辈，真是千言万语也道不尽我对他们的感激之情，只有用越来越多的好作品去回报他们的辛勤浇灌。

那是一个周日，下午回到家，还要去学校上无人自习，把作业写完，心上的大石头才放下了。第二天升旗，校长特意让我去演讲，我就这样以一位作家的身份走进了全校师生的眼中。

我一直不喜欢太过张扬的生活，喜欢低调地行走在人群中，做一个校园生活的记录者。

经过大喇叭这么一宣传，我立马成了全校茶余饭后闲聊的对象，去食堂吃饭偶尔听到自己的名字，还差一点被噎到。不习惯，是的，不习惯他们叫我“孟大作家”，还是叫我的外号更亲切；不习惯他们用一种仰视的态度请教我，还是把我当成什么都不懂的傻丫头好；不习惯当时贬低我看不起我的同学亲昵地偎在身边，还是继续鄙视我让我在疼痛中变得更加强大好一些。

每次下了第二节课都有课间操，做完操回班，我们的教学楼门很小，大家都挤在门口成一大团，唧唧喳喳地趁着放松一下，同学开我玩笑，大声喊着:“呦！这不是孟祥宁吗?”顿时所有同学齐刷刷地看向我，我赶紧捂住脸，红红的还很烫。

从一棵无人看见的小草，被人遗忘在角落的我，经历了多少辛酸悲苦，终于长成了一棵参天大树，触碰到了梦想的云彩。

感谢你们的陪伴

我的高中生活，或者说，我整个的写作中，都离不开一群人——默默支持我的柠檬们。在空荡荡的电脑屏幕后，有那么一群有着天真笑靥充满善良的人，他们会在我取得一点点进步后给我继续下去的鼓励，会在我伤心失落的时候在背后默默地看着我替我分担烦恼。有那么一段时间，我的心情压抑到极致，我独自一人坐在学校的天台，听风声从耳边呼呼吹过，看天上的云朵，变幻莫测。打开手机，我看到了他们留的一句话："如果柠檬树倒了，那柠檬怎么办?" 那一瞬间，泪就决了堤。从此以后，我又恢复成了往常那个向着太阳微笑的葵花女孩，在追梦的旅途中，不懈地向着太阳奔跑。

柠檬们，感谢你们一直以来伴我左右。因为你们的陪伴，我才得以成长。柠檬树会越来越大，新的枝杈会生新的叶子，叶子连着叶子，一直延伸到我们每一个人的心，将我们紧紧相连。

生命是以时间为单位的，浪费别人的时间等于谋财害命，浪费自己的时间，等于慢性自杀。

——鲁迅

第四辑

那些路过心上的男生

外面的风声呼呼，仿佛所有被时间吞噬了的记忆都随着风声回荡在周围，原以为落在心上的一角早已布满灰尘，可它们全都活了过来，从谁的嘴角说出，轻得像一片羽毛。

愿时光，定格成永恒

你恋爱了，只是你爱的人有时并不真的存在。他可能只是一堵无辜的白墙，被你狂热地把你心里最向往的爱情电影，全部在他身上投影一遍。

收到你的纸条时，数学老师正在黑板上讲解一道很难的题，我看到你的名字，心里一颤，上面是很清秀的熟悉的字迹：下课后，我在教室外等你。那之后的课，便什么也没有听进，风扇呼呼地转着，手心里却攥出了汗。

我瞥着墙上的挂钟，铃声准时响起，本来高三提前一个半月开学就已经很让人不满了，所以暑假补课的老师多半不会拖堂。我站起身，不由自主地拽了拽裙角，补课不用穿校服的我换上了一身干净整洁的雪纺纱连衣裙，有青色的碎花映衬其中，俏皮又可爱。我好奇地往外走，一出门，就被人拉住了胳膊。

跟我来。你边说边飞奔起来，拉着我穿过人挤人的狭窄走廊，蹬蹬蹬地连上好几楼的台阶，带我来到了学校最高处的天台。

你像变魔术一样从身后拿出一大束百合花，白色的镂空包装纸妥帖又完美，和你身上穿的黑色半袖衬衣搭在一起，令人有置身于童话故事中的微醺。你绅士地右手背在身后，左手递给我花，身子微微弯下，说了句：

嫁给我吧。我愣在原地，双手紧紧地握在一起，脸上是吃惊的表情，继而便成微笑。

从高一刚见你开始，我的心里就像是住进去了一颗种子，任它在贫瘠的心上慢慢成长，生根发芽，开花却始终没有结果。还记得那一天，我利用广播站的关系，偷偷为你点了一首《最亲爱的你》，那时的你坐在我的旁边，刚刚被你追了很久的女生拒绝，一天都是沉默不语，你随意地在纸上画着漫画，听到了喇叭里传来你的名字，还有匿名的祝福，愣了一下，然后我看到你嘴角，微微上扬了一个弧度。梦和现实的差距，有的时候，让你感到灰心，世界无情，只要记得我在这里陪你……

天台周围的人越聚越多，我的闺蜜果子站在我耳边，悄悄说：我们在玩寂寞家族的游戏，班里只有你没有伴侣了，快接受吧！我颤抖着双手接过了那束百合，香气扑入鼻尖，幸福来得太过突然。

以后的每一天，我都沉浸在美好的梦中，希望永远不要醒来。

寂寞家族在毕业后的暑假聚会，一行人浩浩荡荡地去海世界游泳，你就站在我的旁边，因为游戏里的我们是一家人。

你突然对我说，我带你去个好玩的地方。你又像去年那样拉起我的胳膊，不顾一切地往前走。感受水由浅入深，我的身子慢慢浸入其中，直到没过胸口，没过脖子，脚踩不到底，才感觉到了死亡步步逼迫，喘不上气。我死死地抓着扶手，你在一边安慰着，马上就到了。突然想起电影《搜索》里的一句话：如果你想爱上一个人，就和他去玩蹦极。而此刻，我只想说，如果你想让一个人爱上他，就带她去深水区。

那天我们坐了情侣滑梯，并排泡温水，像真正的情侣一样，心里的花应该快要结果了吧。我心想着，依旧安安静静地陪在你的身边。

直到那天果子发来消息，我在电脑屏幕前看着他俩的聊天记录：我带她去深水区完全是因为寂寞家族啊，我们在游戏中是一家人，不是真的。上次我带了好几个人去呢，都是一个一个单独去的，你要是想去，我也带你去，哈哈。

泪就那么无声无息地流了下来，直到打湿了键盘上的每一个字符，我才在泪眼模糊中明白了书中的那句话：你恋爱了，只是你爱的人有时并不真的存在。他可能只是一堵无辜的白墙，被你狂热地把你心里最向往的爱情电影，全部在他身上投影一遍。

我喜欢了你整整三年，可是只能在游戏中才拥有被爱的感觉。有时多么想，让时光倒流回一年前的今天，你穿着黑色半袖衬衣，微微弯着腰，向我伸出握着百合花的左手。我微笑着，愿时光定格成永恒，让头顶上的天空，永远都是那么湛蓝，湛蓝。

扶贫济困，急难相助。滴水如甘露，患难显真情。这是得财富的因。也是培养慈悲的心灵。

——方海权

我们一起努力，为了下一个春暖花开

你怕寒冷的冬天，可人们总说，冬天到了，春天还会远吗？我们无法逃避生活中的一些困难与挫折，只有挺过去，才会有幸福与美好的明天。希望微笑的维尼可以陪你度过寒冬，迎来属于你的春天。

“树叶仿佛一夜就掉光了，光秃秃的，真丑。”我望向窗外，突然自言自语道。

“当然了，都冬天啦！”突如其来的声音吓了我一跳，我扭过头，乔力捧着一袋薯片坐到了我的旁边。

“和你坐同桌就是好，每天都有免费的加餐。”我毫不客气地从袋子里抓了一大把塞进我的嘴巴里。

满足地吃着食物，是我认为最幸福的时刻。

老班古灵精怪的脑袋里，真是装满了一大堆稀奇古怪又富有创意与冒险的点子。与乔力同桌便是缘于他的一个惊天动地的举动——抽签换座位。

他宣布这个消息的时候，脸上带着神秘的微笑，吊起了我们所有同学的好奇心。随即，全班沸腾了，大有一股将屋顶掀翻地板捅破的气势。然后大家的双手在胸前合十，嘴里叽里咕噜地念个不停，希望自己能选个不错的位子。

我的手里捏着25号，在黑板上用粉笔画的表格的相应位置，填上了“莫小爱”三个字。

然后刚一转身，就看到了乔力。

淡灰色的毛线外套，黑色牛仔裤，显得如此乖巧干净。

他在我的左边写上了他的名字。

我冲他莞尔，他亦回了一个灿烂的笑。眼睛眯成一条线，露出一口与他肤色完全相反的洁白。

于是本来第一桌的我和最后一桌的他坐到了一起。一时间有些陌生，但很快他的微笑便感染了我，还有最重要的一点——每天都能吃到免费又美味的零食。

他真的很逗，会讲许多我从来没有听过的笑话，大多都是他自己编的。他喜欢用各种调子演唱最流行的歌曲，和他坐在一起我真的很开心，常常笑到肠子都拧成一团。

他上知天文下知地理博古通今思维敏捷，每次上课老师说到一个典故，他都能毫不犹豫地接过下一句，令我佩服得五体投地。

我问他:“你怎么知道的这么多?”

他沉思了一会儿，悄悄在我耳边说:“因为这是一个秘密，我刚出生的时候，大脑还存留着前辈子的智慧。”

我嘴一撇:“切，净瞎说吧，你糊弄三岁小孩呢!”

他一拍脑袋，恍然大悟地说:“哦……我忘了你已经四岁了。”

然后他笑得如此刻照在他脸上的阳光般烂漫。

我一直不喜欢冬天，因为我怕冷。印象中的自己怕很多东西，虫子、蛇、老鼠、黑暗、寒冷与孤独。从小到大，它们一直伴着我的成长，我从未真切地感受过它们，因为我总是选择逃避。

一清早起床，拉开窗帘，就看到白茫茫的一片。

今年冬天的第一场雪到了，本来是令人高兴的，可是我却有些畏惧。因为每年都会在雪里摔伤，屡屡摔倒，却屡屡不长记性。

我骑着车子在路上小心翼翼地前进，生怕再出现事故。去年的我也是因为下雪，而使胳膊摔到骨折。

可是，该来的总会来。

一辆摩托车逆行，在黑暗尚未隐退之前，他的车灯开得很刺眼，我只看到明晃晃的一片，还有雪花往下落的轻盈的舞姿。

我猛地一刹车，身体就失去了平衡，轰然倒地。

摩托车主依然向前行驶，完全忽略了我的存在，好像他的到来与我的摔倒，没有丝毫的联系。

自认倒霉吧。我揉着疼痛难忍的膝盖。

“你怎么这么不小心啊？这么大的雪你还骑车子。”

我坐在地上，仰起头，看到了乔力的脸。

他穿了一件黑色大衣，戴着黑色的鸭舌帽，活像一个特务。他向我伸出手，把我拽了起来，像轻轻摆弄一个提线木偶。

他将我的车子扶起来，把书包放进车筐，然后示意我坐到后面。

“算了吧，我这么沉……”我摆摆手。

“快点，我送你去医务室。”他的口气很坚决，好像上级给下级下达的一道命令。

我乖乖地坐了上去。

他慢慢地骑着车子，深深浅浅地在雪地上留下了一个个脚印，同时也在我的心里，刻下了一个个感动。

我的生日到了，可惜是在月考后的第一天。

那天天气格外寒冷，偏北风四到五级，呼啸着在我的耳畔，险些将我的白色毛绒帽吹跑。

“呼，冻死我了。”我一路小跑跑到我的座位上，一边捂着自己冻僵的鼻子，仿佛雪人上插的胡萝卜一样。

“你这么怕冷啊，给你一袋牛奶吧。”我顺着他的手指看过去，旁边暖气上，安静地躺着一包牛奶。

我谢过后，也从包里拿出了一个小面包递给他。

我们一边聊天一边吃着早饭，直到白花花的卷子发了下来。

我望着那寥寥无几的分数，突然就噎在那儿了。

看看乔力，和我差不多，也一脸惊讶的表情。

一天的课上完，所有的成绩都已成定数，我想无奈地笑，嘴角的肌肉却怎么也牵扯不动。

我们都曾拥有令人骄傲的成绩，且排名不分上下，遥遥领先。而这次考试，却狠狠地击了我们一棒槌，让我们眼冒金星。我们跌得很惨，真的很惨。

我知道，没有人会关心自己的成绩下滑，也没有人会在自己失败的时候安慰，他们只会暗自窃喜，这次又少了一个竞争对手。

我看见乔力的眼睛像我一样泛着潮湿，我从没有见过他如此忧伤。

我想起了他的笑，眼睛眯成一条线，露出一口与他肤色完全相反的洁白。

此刻却是那么的遥远。

我们都不知道该如何安慰对方，就那么静静地坐着，直到教室里的所有人都去吃晚饭，我们还在沉默。

“唉。”他发出了一声长长的叹息。

“唉，”我故作轻描淡写地说，“神马都是浮云。”

可是眼泪却暴露了我的内心，它轻轻地滴在了一片红叉的卷子上。

啪嗒啪嗒。那仿佛晶莹剔透却沉甸甸的泪水。

曾在书上看到过这样一句话，有时候一回眸可以成为游不出的深潭，一滴泪可以湿透整个夜晚。

他递过一张纸巾，突然冲我笑了。

“今天是你的生日吧，别难过了。”

我才突然想起来，这么重要的一个日子。

“送给你。”他从身后仿佛变戏法般变出一个毛绒维尼熊。

“谢谢你啊。”我将眼泪擦干，也回了一个微笑。

“你怕寒冷的冬天，可人们总说，冬天到了，春天还会远吗？我们无法逃避生活中的一些困难与挫折，只有挺过去，才会有幸福与美好的明天。希望微笑的维尼可以陪你度过寒冬，迎来属于你的春天。”

我的心里已满是感动与温暖。

“嗯，我们一起努力，为了下一个春暖花开。”

时间最不偏私，给任何人都是二十四小时；时间也是偏私，给任何人都不是二十四小时。

——赫胥黎

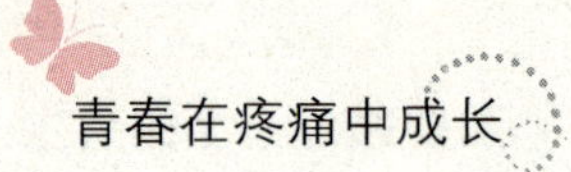

春天盛开在左耳与右耳间

时光一下子回到了那个春天，树下的我拽着他的耳朵，他嗷嗷叫着“女王饶命”。

我的眼眶竟微微有些湿润，莞尔一笑，转身离开。

和往常一样背着书包，迎着升起的朝阳去学校，当我把车子锁好后，一抬头，看到了校园围栏外，一棵开满白色花朵的小树，一团团一簇簇，乳白色的小花叠在一起，在微风的吹拂下，幸福地摇摆着。平时上学放学，来来往往间从未发现，它竟然这样一点一点，开满了整棵树，仿佛一夜之间，幻化出了一个春天。

在细微深处发现了春天，感动得我驻足，久久不愿离开。我怕我一离开，那些美丽的花瓣，就会随风飘逝；我怕一离开，那些美好的景象，就一去不复返。我贪婪地望着，像很多年前，还是个小孩子的时候。

那时小学的操场，还是石砖地，我穿着红色的小皮鞋，咯哒咯哒地跑着，砖缝隙里的尘土扬了一路。

我跑到一棵大树下，树上开满了不知名的花，深深浅浅的黄色，有清香萦绕在鼻尖，飘入我的心中。我仰起头望着，阳光从叶子的缝隙中照在我的脸上，眯起眼睛，惊讶于春天的美好。

可是突然，一只毛茸茸的东西掉在了脸上。我尖叫了一声，低头发现是一朵棕色的杨树花。

身后响起调皮的笑声，我扭头看见他捂着肚子笑得弯了腰。我上前揪他的耳朵，他才停止了笑声，嗷嗷叫着“女王饶命”。

他的耳朵就是被我拽大的，我坐在他的左边，只要他出线了，我就揪一下他的耳朵，所以他的左耳要比右耳大。这以后，只要我再惩罚他的时候，他都要先说一个“停”字，然后转过身，露出右耳。于是，他的耳朵总显得比平常人大一点，我为小时候的事情感到愧疚，因为他的外号从来没有变过——大耳朵图图。

他学习很好，也许与我经常拽他耳朵有关吧。我们都考入了最好的高中，同样有伟大而崇高的梦想。他说，等到三年后的春天，会有花儿盛开，这样到了夏天，一定会开得热烈而奔放。

现在我每天骑车仍然沿着几年前的路线。沿途卖煎饼的阿姨，周围总是围着一圈准备上班上学的人，她辛苦地摊着煎饼，脸上挂着汗水与微笑，早餐工程的车上还是摆满了面包与豆浆，报亭还是挂满了报刊和书籍。偶尔还会想起曾经将买零食的钱攒下来，只为了每月必看的《漫画party》。

小学的操场，石砖地早已换成了塑胶跑道，楼房被粉刷一新，那棵大树依然在那挺立着，只是比以前更加苍老。树下是一群群跑跳着的小孩，追逐、打闹、唧唧喳喳地说笑，只是少了一个仰面看花的女孩，少了一段快乐自由的童年。

物是人非事事休，欲语泪先流。每每想到以前，心中总是充满了淡淡的忧伤与向往。或许成长就是一件令人欢喜又烦恼的事情，既然我们改变不了，那就欣然接受。

微笑着穿行于家与学校的路上，两旁的槐树泛了绿色，远处的阳光依旧明媚。

有时还会感到书包的沉重，未来是否会达到理想的目标，还是一片渺茫。每当我背书背不下去的时候，每当我做题做到流泪的时候，他的话都会回响在耳边——把握春天，才能迎接热烈而奔放的夏天。

从食堂回来，路过理科班的时候朝里面瞥了一眼，吵吵闹闹的男生在过道跑来跑去，他坐在座位上的身影时隐时现，戴着黑边眼镜，安静地学习，怀着伟大而崇高的梦想。

这时他抬起了头，目光与我相遇，有些惊讶的神情。我突然很想喊他一句“大耳朵图图”，却将话咽回了喉咙，我很想再揪一下他的耳朵，可我知道这不可能，毕竟我们不再是不谙世事的孩子了。

他突然将手中的笔放下，双手拽着自己的耳朵，吐着调皮的舌头。

时光一下子回到了那个春天，树下的我拽着他的耳朵，他嗷嗷叫着“女王饶命”。

我的眼眶竟微微有些湿润，莞尔一笑，转身离开。

我抱紧手中的课本，没有一刻比现在更想抓住春天。

时间就是生命，时间就是速度，时间就是力量。

——郭沫若

若雪永葆纯洁

我恨时间，可是时间犯错了吗？它一直按照自己的计划自己的步调不紧不慢地走着，没有人能够阻止。是我们的心受到了干扰，社会上的不良现象，盲目从众、跟风，都使我们的思想发生了变化。我们从一个不谙世事的孩子长大成熟，可所谓的成熟，在多年以后看来，其实是一种幼稚的表现。

在镜子面前，我打扮了很久，外套换了一件又一件，最终，穿上那件粉红色小兔子的羽绒服，我露出了满意的笑容。这次同学聚会，据组织者讲有很多人参加，很久没有见到曾经亲切的朋友，不免有些兴奋与紧张。我将头发梳了又梳，还微微涂了些唇膏，出了门。

下了一晚雪的路面，纯白的令人不忍心踩下去，路两旁的柏树笔直地挺立着，太阳从云层里冒出了头，照得地面明晃晃的一片，干净纯洁、没有一丝瑕疵。

我高高兴兴地来到了饭店门口，看看手表，很准时。我抬头望了望，却没有发现熟悉的面孔。突然有人叫我，我扭头，看到了唐青青。

她还是和以前一样，笑的时候有两个甜甜的酒窝，短发扎了一个小辫，穿着一身学生装，仿佛又回到了一起学习的时光。

“就你一个人吗？其他的同学呢？”

“喏，那边呢。”

我顺着她的手指看去，一群男生聊着天，手里夹着根烟。竟无一人例外。

正在这时，曾经最好的朋友来了，原先利落的短发，现如今长发披肩，她挽着一个男生的胳膊，两个人很亲密的样子，那男生把她送到这里就走了，留下她一脸的幸福。

我顿时感觉很陌生，见了面，话在嘴边，却又咽了回去。只是很礼貌地笑了笑。

从初中到高中，不过一瞬间而已。我一个人好像隐居了一万年，突然发现，这个世界变化真大，我们每个人变化真大。

坐在饭桌前，我看着眼前的美味一点胃口都没有，他们聊着我听不懂的游戏，她们聊着情人节该如何过。我拉着唐青青的手，攥出了汗。

烟雾缭绕中，我怎么努力都看不清他们熟悉却又陌生的脸。

只记得，我们穿着干净整齐的校服，怀揣着自己伟大的理想。那时的我们会在教室里埋着头学习，遇到不懂的题一起问老师；那时的我们会在操场上挥汗如雨，互相鼓励跑完最后一圈；那时的我们会在走廊里说笑打闹，喊着对方的外号玩戴草帽。

而现在，只觉得我们之间隔了一堵墙，隔着很远的距离。没有了那种熟悉的感觉，一切都变了。心里泛起一股无奈失望的酸水，冲破喉咙。

我和唐青青仓皇而逃，仿佛逃离一场不愿意看见结局的游戏。

路上的雪都已经化掉了，变成了黑色的雪泥，踩上去发出沙沙的声音，一小块一小块白色的雪，还零零星星地分散着，依旧是那样洁白无瑕。但过不了多久，它们也会遭到同样的境遇，变成雪水，沾上污泥，染成黑色。

我的心是那样的凉。时间，可以让一个人变成另外一个人，让这世界变得面目全非。没有人会永葆纯真，像这雪，永远都逃不过融化的命运，纯洁存在童话中。

所以我恨时间，可是时间犯错了吗？它一直按照自己的计划自己的步调不紧不慢地走着，没有人能够阻止。是我们的心受到了干扰，社会上的不良现象，盲目从众、跟风，都使我们的思想发生了变化。我们从一个不谙世事的孩子长大成熟，可所谓的成熟，在多年以后看来，其实是一种幼稚的表现。

人生若只如初见，说得多好，道出了多少人的心声。因为不可能做到，所以这是我们共同的愿望，是一种美好的希冀。

想回到过去，回到最初的美好。

我望着远方的天空，喃喃道。

我们的生命是天赋的，我们唯有献出生命，才能得到生命。

——泰戈尔

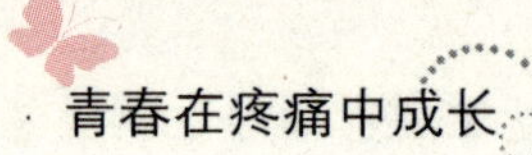

希望你不要知道，知道也请你忘掉

突然想起张小娴的一句话：暗恋是一种自毁，是一种伟大的牺牲，她们迷上的，只是这一种感觉。

自从体育课选修我选了健美操后，每次下课都是大汗淋漓，虽然外面还时不时地吹来几阵寒风，我只感觉像炎炎夏日。

我右边的同桌陈欣怡半路就溜了，多半是去找她的水果了。水果这个外号是我起的，因为我一度怀疑他家是不是摆水果摊的，把她滋润得如一朵娇艳欲滴的花，今天送来一个苹果，明天送来一个橙子，后天送来一根香蕉，甚至还有芒果火龙果猕猴桃，无论什么反季节水果或者稀有的叫不上来名字的热带水果，他都能一天不差地送到我们班门口，然后陈欣怡屁颠屁颠地跑过去，羞涩地接过来，寒暄几句，一脸通红地坐回我的旁边。

我调侃道："你的水果对你可真好，长的吧也不赖，很朴实，像卖水果的。"

她拿苹果就往我的头上敲，一副想把我敲成脑残的架势。

其实我的心里还是很羡慕她的，不知道怎么了，在她说完"一切皆有可能"的时候，我的心里明显萌动了一个什么东西。

我一边上楼一边撩起刘海儿擦着额头的汗，到了三楼，要拐进一个黑色大铁门——“地狱之门”，就真正进入了文科的天地，进入了背书背书再背书的“地狱”。

一向图省事的我喜欢贴着白色瓷砖的墙面走路，可以走最短的路线，耗费最少的功。可是在我刚拐弯的时候，撞到了一个人，他“啊”了一声，很小的低沉的男声，然后就擦肩而过。

留下我扭头看他离去的背影，回想刚才，我只看到的他那白色衬衫的领子，只闻到的他身上散发的阳光少年的特殊清香。

我把这一邂逅告诉了陈欣怡，并描述了他的样子：很高，我只到他的肩膀，很瘦，穿着运动上衣和深色牛仔裤，对了，还有那白色衬衣的领子，干净而又阳光的男孩。

很巧的是，她竟然认识他，他叫庄泽，喜欢打篮球、画画，我要了他的 QQ 号，怀着一种崇拜的心态加了他。

他的相册里全是他的画，国画、油画、漫画，真的令我惊叹不已，我给他留了很多言，他一一回复，我们就这样认识了。

他的教室在我们班下面，每次下楼，我都拉着陈欣怡的手跑到他们教室的后门，想看看他坐在哪个位置，会不会某天突然地震了我能正好砸到他的身上。

上体活课的时候，我一个人带着眼镜坐在教室最后一扇窗子前，呆呆地望着楼下他打羽毛球的样子。

做课间操的时候，无意中看到他，我竟然会做成反方向，肢体变得极度不协调。

陈欣怡说:“莫小爱，你是不是到青春期啦?”

我说:“我一直都在青春期，只不过青春的气息好像更明显了。”

她说:“你该不会是喜欢他吧?”

我的心咯噔了一下，脸随即变得很红。这个词在我的年龄好像不该出现却必然存在。我说不清那是一种什么感觉，就搪塞了过去。

那天晚上下了很大的雪，我和陈欣怡冒着雪回家，刚出校门，水果跟了过来，我估计他应该在雪里等了很久，我很识趣地先走了。

自从水果被“拐”走了她之后，我更加孤单了。

一个人默默地骑着车子，雪打在眼睛上，模糊一片，我也希望有一个人可以给我温暖，有一个人可以陪着我说话，有一个人会提醒我雪天路滑注意安全。

没有像韩剧里的情节，他拍了一下我的肩，我扭头，发现他给我打着伞。

一切都是我的幻想与不切实际。

我开始留意他的一点一滴，看看我的最近访客有没有熟悉的名字，看看他有没有给我留言评论。看到他的说说，就会想象成是对我一个人在说。

我将一切事物都赋予美好的联系，踏在梦与现实的模糊边界。

直到有一天，他在QQ上第一次主动跟我说话，他说他被一个女生拒绝了。

那一刻我的感觉就是，原来一直以来都是我在一厢情愿，我一直期待着量变积累成质变。真的质变了，可是却变质了。

我说:“其实我和你一样，也被人拒绝了。”

只是他不会知道，那个人就是他。

突然想起张小娴的一句话：暗恋是一种自毁，是一种伟大的牺牲，她们迷上的，只是这一种感觉。

没错，仅仅是一种感觉而已。

我擦干眼泪，发了一个笑脸:“那我们以后一起努力吧，为了梦想。”

希望你不要知道，知道也请你忘掉。

一切尽在不言中，此处省略一万字。

小草，有时站在大山的头上，默默地，从不炫耀它自己。

——佚名

青春的长度

水瓶中的水熠熠发光，映射在天花板上一道道波纹。像老去的人的皱纹，总有一天，我们也会这样，染上岁月的沧桑与无奈。

春暖花开，阳光正好。微风吹过发梢，听着音乐，沿着操场跑道的边缘漫步，低头数着自己迈过的步子。

七分钟，从食堂走到教室的时间。比起青春的长度，应该是很短的吧，可我们的青春年华，还剩下多少个七分钟？那些无意中被冷落的青春，现在却再也无从找寻。

星期日，一周的最后一天。从星期一到星期日，是一个轮回，生命就处在这不断的七天然后是下一个七天中。每天都有不同的风景，不同的心情。

十七岁，一个花季少女的年龄。不知道是喜还是忧，突然很不愿意长大，突然很怀念儿时玩过的游戏，突然听着听着歌，眼眶就有些湿润了。

很小的时候，每当看到那些大哥哥大姐姐，他们骑着单车，耳朵里塞着耳机，一副悠然自得的样子，我却不得不背着书包，继续在林荫道上慢慢地走，眼睛里流露出无限羡慕的光。当自己真的大了才发现，小孩子永远看到的，只是我们骑着单车飞快掠过的身影，却永远感受不到，肩上背

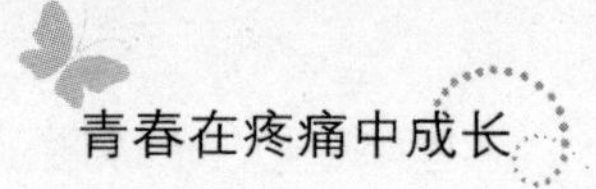

的书包的重量。

于是开始试着回到过去，像孩童般蹦蹦跳跳，却发现自己的步伐竟是那么沉重。试着卸去伪装的面具，露出曾经那些纯真笑脸，干净的不带一丝杂质，却发现脸上的笑容早已僵硬。

不知道是时间把我们改变，还是自己把自己改变。

初春的阳光，既不那么黏人，也不会让人感到寒冷。微微斜落在地上的影子，散发着一丝丝遗憾与淡淡的伤感。

我喜欢低着头走路，并不是自己不想面对现实，也不是自己害怕众人的目光，只是这样，可以离自己的心脏更近，更能听清心跳的声音。

低头走路，但要让梦想高高飞翔。

听到有人喊我的名字，抬起头，一张干净白皙的脸，白衬衣在微风中摇摆，和小时候一样，他总喜欢穿一件干净的白衬衣，皮肤却也一直那么白皙。他抱着篮球，冲我莞尔，我羞涩地打个招呼，很久没有联系过了，现在我们都变高了，长大了，再也不是曾经一起玩过家家的小屁孩了。那个时候满手沾满泥巴，也会想象成是甜蜜的巧克力酱。

现在还会玩幼稚的游戏吗？我们都自以为成熟了，翅膀硬了，能够为生活奔波了，却也丢了些什么。

我们互相点头微笑，然后他与我擦肩而过，我轻轻扭头，嗅到了他身上散发的清香，像刚长出嫩叶的柳枝，像刚开出的一朵小花，像春天的味道，阳光的味道。

此时我们的影子，被阳光拼凑成了一幅完整的图案。

继续享受阳光的温暖，享受只属于孩童时代的漫步，却怎么也无法走出像猫一样优雅的步调。

远处的天台上站着一个长发飘飘的女孩，看不清她的表情，但能感受得到，她向往蓝天、向往自由的渴望的目光，这里的每个人，都是向往的吧。

穿过一个走廊，墙面贴满了学生的作品，五颜六色的画，各式各样的人物。自己的屋子，曾经也贴过画的，一张墙满满的，现在也早已被我丢进了废纸箱，和那些无穷尽的卷子混杂在一起，才显得那么绚丽多彩。现在看起来笨拙的不规则的线条，那时却是熬夜趴在爸爸高高的书桌上，一笔一画认认真真描绘的，描绘的是对未来的美好憧憬，现在多少感到一丝失望。

很多东西，很多事，很多人，也都被我们遗忘在了废纸箱里吧。

五楼的高度，我怀抱着书本，气息均匀地向上走，我想象自己在登天，只要一步一步地走，总有一天可以触摸到云朵。

身边来来往往的学生，我们素不相识，却也因为某些缘分在这里相遇。一生中也会遇到无数个素不相识的人，虽然素不相识，但我们每个人都怀抱着同样美好的理想。

还有三层，两层，一层。

教室的窗户透过阳光，无论在哪里，总能捕捉到她的身影。

水瓶中的水熠熠发光，映射在天花板上一道道波纹。像老去的人的皱纹，总有一天，我们也会这样，染上岁月的沧桑与无奈。

那么也要微笑，面向阳光。

五楼的高度，虽然不会触及到云彩，但我们的眼前，却充满了彩虹般绚丽的色彩。

生当作人杰，死亦为鬼雄，至今思项羽，不肯过江东。

——李清照

朋友是我的左半边翅膀

友情不像爱情那样奢华，友情不像爱情那样醉人，友情不像爱情那样浪漫，但是友情却是一生中最珍贵最持久的情感。当你失意的时候，朋友会送上一句句温暖人心的鼓励的话语，当你开心的时候，朋友会随着你尽情手舞足蹈。

如果梦想会飞翔，朋友就是我的左半边翅膀。天空再大再远，只要和朋友并肩，我就勇敢闯。

——题记

超级无敌金哥儿们

我的发小，李若楠与何影，伴随了我六年的美好时光。

当他们对外宣称是超级无敌铁哥儿们的时候，我勇敢地插到了他们的中间。我说，我也要加入你们的行列。他们瞪大了眼睛。于是，我们重新给这个组合换了一个名字——超级无敌金哥儿们。

我是超级无敌飞天小女警，李若楠是超级无敌侦探柯南，何影是超级无敌蜘蛛大侠。我们三个在小学浩浩荡荡地走在操场上，别人见了总会投来羡慕的目光。

何影从小就喜欢照相，不知道这和他的名字有没有关系。总之，每次我们和同学到学校附近的小公园玩，他总是要带上一个傻瓜相机，对着我们“咔嚓咔嚓”狂拍一气，当然也免不了他自己的身影。每当我看到抽屉里那些美好的珍贵的相片，都会回想起小学那段纯真的友谊。

我们曾经在天黑透了之后，靠着单车一起唱歌，风吹得刺骨，我们裹紧了外套，继续将《冷酷到底》。我们曾经在去聚会的公交车上，一起玩真心话大冒险，我们放肆地大笑，笑得脸部几度抽筋，却还是没心没肺地不顾他人的冷眼。我们曾经上体育课一起踢球，摔伤了腿我疼得哇哇直哭，他们两个一人架着我的一只胳膊，愣是将我抬到了校医务室。

现在我们都长大了，也不再形影不离，我们都有各自的梦想，我们奔跑在寻梦的旅途中。我们经常聚会，哪怕其他同学不来，就我们三个也会玩得非常开心。我们喜欢在 KTV 里唱歌，一首接着一首，伤心的也好，欢快的也好，都是我们的心声。

我们拉勾，以后无论谁成了名人，无论谁活得贫穷或富有，无论谁成了家立了业，都不能忘记超级无敌金哥儿们，因为我们的心永远在一起，我们永远是朋友。

七个小矮人

不知道我们老了以后还能否重逢。

在盛夏的阳光照耀着的窗台，我看着楼下的老奶奶，突然自言自语道。一共七个，不多不少，有的扇着大蒲扇，有的织毛衣，有的嗑瓜子，聊天大笑得露出满口不完整的牙。梧桐树荫下，斑驳了她们瘦小的影子，像花般灿烂美好。

我突然想起了我们七个小矮人，我们曾在操场的草坪上许下一个盛大的诺言，我们的心会一直在一起，直到天崩地裂、海枯石烂，永远也不分离。

那是开学的第一个联欢会，同学组织了一个小话剧《白雪公主》，很荣幸的，我的身高刚好可以演小矮人，于是我们七个就相遇了。

我们排成长队，双手搭在前面人的肩上，然后在教室里面转圈。

“谁偷了我的面包?”

“谁吃了我的苹果?”

“谁动了我的床?”

“谁穿了我的睡衣?”

……

我们嗲声嗲气地说着，班里哄堂大笑。

于是理所当然的，在演完之后，我们就顺利地成立了一个小帮派，名字就叫“七个小矮人”。

老大是万事通，虽然叫万事通，但她有的时候真的迷糊。

记得有一次我们在宿舍洗头发，我听见她说:“咦? 我挤了这么多怎么没有泡泡啊?”我一边洗一边扭过头看她，她挤了好多放在手心，然后往头上揉搓，就是不起泡泡，“难道是我头发太脏了? 可我两天洗一次啊! 难道是洗发水过期了? 可上个星期我才买的，没用几次呢! 真奇怪!”我拿起她手上所谓的“洗发水”一看，其实是护发素! 我们当时就笑成一团。

我的生日最小，排行老七，因为老七的名字叫爱生气，可是我是个乐天派，从来不生气，但是却很爱哭，于是在征求了老大老二老三老四老五老六的意见后，我成功地被称作——爱哭鬼。

在一次体育课上，忘了是谁提议玩碰膝盖游戏，这是我第一次玩，以后便一发不可收拾。每天放学后，我们都会跑到操场上疯，很简单的游戏，具体怎么玩我已记不太清了，只记得当时我们在操场上肆无忌惮的大笑，嚣张地手舞足蹈，弄出各种搞怪的动作，惹得其他同学惊呼。

我说，碰膝盖这个名字太老土了，我们改一下，就叫碰碰碰碰碰膝盖吧！

前四个字连着读，多带劲儿。

大家一致同意，认为我的个子虽小，但还是蛮聪明的。这就叫浓缩的才是精华。

的确是这样，我们七个在班里没下过前二十，经常是互相争前三，这肯定与我们之间互相学习分不开。

那个时候，我们喜欢围着老师问问题，七个人手拉手，很是壮观。

那个时候，我们中午坐在奶茶店里，一起看书写作业。

那个时候，我们为了中考体育在操场上挥汗如雨，互相鼓励坚持下去就是胜利。

现在，我的个子也高了，不再是小矮人了，不知道你们有没有长个呢？原来我们已经很久没有见过面了，毕业照上，我们站在一排，个个笑得像向日葵。不知道我们以后会怎样老去，不知道我们会怎样死去。

我想起来，眼睛就微微有些湿润。

楼下的老奶奶还在聊着天，我希望有一天，我们能够重逢，坐在一起，围成一个圈，伴着知了的鸣叫，聊着闲天，直到我们永远地闭上了眼睛。

七个小矮人虽然没有白雪公主的美貌，但是我们很快乐，我们很幸福。

丫丫

乍一听丫丫这个名字，百分之百的人都会觉得是女孩子，这就是我起外号的独特之处，常常使被起名者恨得咬牙切齿却无力反击。

他叫闫跃，都是 Y 打头，所以我便叫他丫丫。

他是我的小学同学，有一段时间与我同桌。那个时候我喜欢他的笑，喜欢他胖胖的可爱的样子，他总是在饿了的时候抢我桌兜里的饼干。我说，你就不能减减肥啊。他一边往嘴里塞一边说，吃饱了才有力气减肥呀！饼干渣嚣张地喷了我一脸。

“丫丫，你今天又吃蓝莓味的糖了吧，满嘴都是这个味道。”

“丫丫，你就不能少吃点我的3+2吗？”

“丫丫，帮我买一袋卜卜星……”

他会在我伤心的时候安慰我，尽管是递给我一根棒棒糖，但这对他来说是最好的礼物了。

有一次，我跑步的时候摔伤了腿，他背着我跑到医务室，他是最不喜欢运动的了，胖胖的憨憨的身子，像个企鹅一般摇摇晃晃，满头大汗却仍然笑着对我，告诉我不哭，要坚强。

在一次小学同学的聚会上，我们两个已有一年没见面了，远远地驶来一辆山地车，一个穿着黑色T恤的男生停了下来，又高又瘦，侧脸棱角分明，刘海儿很长，遮住了半只眼。

我疑惑不已，问他是谁。他吃了一惊，故作深沉地说，丫丫。我恍然大悟。随即我们两个笑得弯了腰。

他变化真的好大，因为追一个女生，所以每天拼命减肥，有几天每天只吃一个苹果，一百个俯卧撑，一百个仰卧起坐，围着体育场跑圈，打篮球打到很晚……

我们目瞪口呆。

聚会的内容就是在电影院看鬼片，我一边尖叫一边抓着他的手。走出电影院，我还是惊魂未定，他伸出双手，上面布满了指甲印，他幽默地说，你比电影中的女鬼还可怕。我不好意思地笑笑。

天已经黑了，同学们陆陆续续地回了家，我正要和他道别，他突然骑着车过来，要送我回家。

我说，你们家不是和我相反的方向吗？他说，没关系，晚上一个女生回家不安全。我的心中突然暖暖的。

路上我们聊得很开心，发现他是一个很幽默的男生，我们毕竟从小一起长大，相互了解的比较多，我们从地上的蚂蚁一直谈论到宇宙中的火星。他沉默了一会儿说，我告诉你一个秘密。

我的心突然跳得很快，我点头，我不会告诉别人的。他说，我现在对小A很有感觉。还好我扭过了头，没让他看到我的双眼，在一瞬间变得暗淡无光。

我用轻松愉快的声音说，好啊好啊，要不要我帮你。

他说，不用了，我觉得做朋友挺好。

是啊，做朋友多好。

所以丫丫，你永远是我的朋友，在我生气的时候安静，在我伤心的时候安慰，在我开心的时候开心。

有一期《快乐大本营》里面有个外景拍摄，是测试自己的好朋友对你的仗义程度。于是在一个凌晨时分，我抱着试试看的心情翻开了手机，想都没想就给丫丫打了一个电话。电话通了，我的心里像揣了一只活蹦乱跳的兔子，紧张得手心沁满了汗水。

“喂，这么晚了，有事吗?”他带着没睡醒的语气。

“哦，那个……我胃特别疼，爸妈都出差了，可不可以帮我买点药?”我胡乱编了一个理由。

“很严重吗?”突然他急切地问。

“嗯。”我装作很难受的样子。

“那你等着我。”

他说完这句话的时候，仿佛天一刹那就亮了，我露出了微笑，可是眼泪却怎么也没止住，顺着脸颊流了下来。

原来这就是朋友，在你最最无助的时候，有一个坚强的依靠。

我告诉他，这是一个测试。他并没有说我，而是长长地舒了一口气，还好没有出事。

他关心的不是现在的时间，他关心的不是要跑的路程，他关心的不是我的谎言，他关心的是我的健康。

原来这就是朋友，永远不会去想自己的承担，而是关心朋友的一切。

如果梦想会飞翔，朋友就是我的左半边翅膀。

我们没有玫瑰，但是我们拥有童年，我们没有甜蜜，但是我们拥有快乐，我们没有爱情，但是我们拥有友情，

友情不像爱情那样奢华，友情不像爱情那样醉人，友情不像爱情那样浪漫，但是友情却是一生中最珍贵最持久的情感。当你失意的时候，朋友会送上一句句温暖人心的鼓励的话语，当你开心的时候，朋友会随着你尽情手舞足蹈。

有朋友的路上，一定不会孤单。

在追寻梦想的旅途中，朋友是我们坚强的依靠。

如果梦想会飞翔，朋友就是我的左半边翅膀。

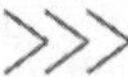

我从来不把安逸和快乐看作是生活目的本身——这种伦理基础，我叫它猪栏的理想。

——爱因斯坦

每段青春都有你不知道的事

每个人的青春岁月里，都会有自己不知道的事。有些秘密是需要珍藏在心中的，有些秘密是不需要被知道的。

那天七夕节，我和一大帮子单身的同学，一起到电影院看《恋爱通告》。这是一个很奇妙的聚会，身边都是成对成对的情侣，我们一帮人就占了两排最好的座位，惹得周围人一片唏嘘。

王力宏在电影里深情演唱《你不知道的事》，很优美的钢琴声，有些轻快的旋律，他独特的富有磁性的嗓音，将那种深埋心中的浓浓的情愫，表达得淋漓尽致。我听着听着就落泪了。

曾经我喜欢一个男孩，喜欢他的高高瘦瘦，喜欢他的阳光微笑，喜欢他在篮球场上奋力拼搏的身影。那种感觉很轻，像一片羽毛轻轻地落在我的心上，一池清水起了阵阵涟漪。

那个时候，我是个很自卑的孩子，个子不高，有一张娃娃脸，上面是一头像鸡窝般凌乱的短发，常常穿一件蓝色格子T恤和一条洗得发白的牛仔裤。

我像长在花丛中的一棵孤独的狗尾巴草，与周围的一切都格格不入。我喜欢安静，喜欢一个人看书，喜欢一个人写字。每当同学们开心地做游戏时，我总是喜欢在角落里默默地看着，看到他灿烂的微笑，像一束阳光照在了我的脸上，我的心瞬间变得暖暖的。

我会每次在他打完篮球时，悄悄地往他桌兜里放上一瓶矿泉水，他是个很马虎的人，根本没有发觉，看到他仰头咕嘟咕嘟灌上半瓶子，我感到心里满是欢喜。

他打比赛的时候，我会将一包纸巾给我的好友夏小晴，让她帮我递给他，一切做得都不露声色。

每天早晨我都会来得很早，然后安静地坐在窗台，看人来人往，等他骑山地车而过，虽然只有一阵风的时间，但是这样还是会让我高兴一整天。

他值日的那一周，我会在前天晚上提前帮他打扫一遍，哪怕再脏再累，我在纷飞的尘埃中仍然会看到美好的花朵。

我将短发留了起来，渐渐可以梳成一个小马尾，我爱上了穿雪纺纱连衣裙，喜欢戴粉色的蝴蝶结。我开始在联欢会上唱歌，为的就是能够引起他的注意。

在他生日的前一天晚上，我在书桌前写了许多贺卡，每一张都用我最漂亮的字迹书写，写了一张又一张，怎么都觉得不好，最后只剩下一张贺卡了，我鼓起勇气向他表白，然后画了一个粉红色的桃心。

在他的生日 party 上，我送了一套他最爱的科比纪念册，里面就夹着那张贺卡，我忐忑不安地将礼物送给他，他冲我微笑。

那是他第一次冲我笑，也许因为他的心情太好了吧。

我以为一切会进行得很顺利，他看了我的贺卡，脸羞得很红，像白马王子爱上公主一样，我们幸福地在一起。

“很高兴各位同学能够参加我的生日 party，在这个特殊的日子里，我要宣布一件事情。”他顿了顿。

他穿着一套笔挺的小西装，打着领结，头发有淡淡的啫喱的味道，令在场的人为之心动。他突然朝我的方向走来，然后我微微闭上了眼。

他拉起了夏小晴的手！

我看得很清楚，他拉起了夏小晴的手，然后继续说道:“我们正式在一起了。”

大家都跟着鼓掌起哄，只有我一个人呆若木鸡。

他说："小晴一直以来对我非常关心，她常常偷偷在我的桌兜里放一瓶矿泉水，在我打完篮球时为我擦汗，我值日之前她都先帮我打扫一遍，她做的一切都默默无闻，但是我能够感觉到，我想她是一个好女孩。"

原来一直都是我错了，这些事情，我只告诉过我的好友小晴，因为我最信赖她，我们之间是没有秘密的。

原来有些事情我也不知道。

就像有些事情他也不知道一样。他不知道，每天往他桌兜里放一瓶水的人是我，他不知道，她替他擦汗的那包纸巾是我的，他不知道，拿着扫帚奋力搞卫生的人也是我。

我突然想起来我的那张表白贺卡，我狠狠地敲着自己的脑袋，偷偷摸摸地在大家吃得很愉快的时候，从他的礼物堆里抽了出来。我逃了。

我一边跑一边将那张贺卡撕得粉碎，由于穿着裙子，我不小心被绊了一跤，重重地摔在马路上，还好是晚上，没有多少人看到。

碎片落了满地，我的泪洒了满地。

我跌跌撞撞地回到了家，蒙上被子大哭了一晚上。

王力宏的歌声还在继续："你不知道我为什么离开你，我坚持不能说放任你哭泣。你的泪滴像倾盆大雨，碎了满地，在心里清晰。你不知道我为什么狠下心，盘旋在你看不见的高空里。多的是，你不知道的事。"

我的泪水早已湿透了衣襟，有些事，有些人，还是不知道的好。

每个人的青春岁月里，都会有自己不知道的事。有些秘密是需要珍藏在心中的，有些秘密是不需要被知道的。

因为不知道，所以充满了遗憾，因为不知道，所以更加珍贵。

我知道，你不知道的事。

善心为众福在后，良行范己必在前。不管去到那里和做任何事，都要律己善良为众，自身方能得大福。

——方海权

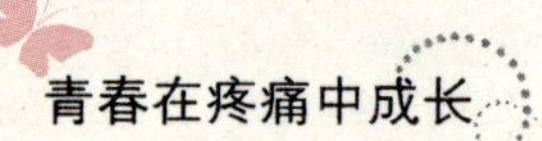

青春在疼痛中成长

我们以为永远都不会发脾气的大好人就没有小宇宙爆发的那一刻，我们以为永远乐呵呵的无论别人怎样捏仍然微笑的软柿子就没有伤心的瞬间。我们一而再再而三地伤害着他的自尊，完全不顾及他的感受，虽然是无心的伤害，却仍然在他脆弱的小心脏上划下了一道深深的伤口。

现在仍然清晰地记得，四月的最后一天，阳光灿烂地在天空绽放笑脸，仿佛是在为我们最后一个月的拼搏加油。在学弟学妹们敲锣打鼓尽情欢笑的运动会过后，我们站在阳光下，抬头看着他们从一排排红色黄色与蓝色的座椅前缓缓移动着不愿意抬起的身子，离开看台。然后是为高三准备的独一无二的减压运动会，每个人都怀着激动的心情，毕竟三年只有这一次，除非复读，不然你只能享受一回。我和好友拍拍弯曲了一整天的后背，用写主观题写到要断掉的手指互相挠痒痒，在人群中像海里的游鱼般穿梭着嬉笑打闹。

我就是这时不小心踩到浩爷脚的，他吃着不知道什么时候偷偷买的一个糯米糍，突然“哎哟”一声，用手去揉自己酸疼的脚，糯米糍就这样掉到了地上，从紫色的袋子里滑落出来，圆圆的白白的身躯沾满了灰色的土。

我连忙道歉，然后又继续跑远了，仿佛什么事也没有发生。

因为他一直都是那么大度。

浩爷有着一米八的个子，二百斤的体重，走在高三教学楼狭窄的走廊时，通常容不得第二个人超车，尤其是那强壮有力的双臂挥舞起来，拥挤在后面的人都能感觉到类似大鹏展翅时留下的一阵阵旋风。

他总是穿着蓝色的校服上衣，裤子却是自己的运动裤，原因貌似是领校服的时候碰巧没有特大号了，于是他一直穿着运动裤，但是穿到他的身上，似乎有点绷紧，和跳芭蕾的紧身裤一样。

和他的博学多才上知天文下知地理相比，我们记住的更多的是他给我们带来的欢笑，这欢笑曾一度成为高三最幽默最快乐的时光不可或缺的添加剂。

他是我们班的活宝，从后门一直望向讲台，一眼就能看出哪里是他的位置，小小的桌子上摞着半米高的书，他经常将大大的头倚在上面思考数学题，竟然没有倒，我们在旁边直呼惊讶。

安静的自习课，因为有了浩爷的存在而变得有了一些乐趣。经常写着写着作业，累得趴倒在桌子上，会突然间听到“噗”的一声，然后传来开窗户通风的“刺啦”声，继而是一阵爆笑。高三就是这样，一点点快乐会被瞬间放大，直到狂笑声发泄了刚刚做题的烦恼后，才变得如之前一样的安静。

我觉得这样做有些过分，但是他却没有一丝计较的神色。都是开玩笑的，他甩甩自己并不是很长的毛寸，憨笑着说。

他有严重的鼻炎，所以总是连着打喷嚏，他的喷嚏声音洪亮，站在屋外都能听到。第一个喷嚏过后，就震得他桌上那摞书一晃。有时候我们摸清楚了规律，看着手表默默算着时间，几秒钟过后，我们会一齐学他的样子打个大大的喷嚏，他真的立马也打起了第二个喷嚏，我们哈哈大笑，接着是第三个，每次我们都为这精确的计算感到一种油然而生的自豪。打完喷嚏，绝对是揩鼻涕的声音，他从那摞高高的书上拿下来一卷卫生纸，胡乱拽点，就附在鼻子上面，顿时排山倒海般的气势向全班压来，好几次老师都不得不停顿一下，静静地看着他，嘴角是强忍住笑的纠结。而我们，早已笑得前仰后合拍桌子加跺脚。他呢，一副满不在乎的样子，回报我们的仍是那憨憨的笑。

那确实是他最可爱的样子了。

可是刚才，就在我不小心踩了他一脚后，我没发觉他脸上的异样神情。

减压的趣味运动会，如火如荼地开展着，在进行了好几个游戏后，我们的热情被彻底点燃，没有课业负担的压迫没有冥思苦想的痛苦也没有腰酸背痛的折磨，我们都像获得了重生。

“台风中心”需要四个人同时握着一根长长的竹竿，绕着一个红色的类似圣诞帽一样的标志物做的台风眼，奔跑旋转再奔跑……一组接着一组，先回来的一个班为胜利。

我们开始结组，关系好的相互拉着小手，从前面站成整整齐齐的好几排，我们是文科班，所以男生少，落单的几个零零散散地散落在女生当中。我看见浩爷站在队伍外面，不知所措地从第一排一直走到最后一排，双手插着腰，嘴里念叨着什么。

游戏开始了，我们开心地奔向终点。绕来绕去，绕得一声声欢笑洒遍草地。

只是，我们没有人注意到，在热闹的人群后，是一个落寞的身影。全班四十九人，四人一组，还剩下一个人。

不用猜，就是浩爷了。他体育不好，跑步跑不快，运动时间过长会气喘吁吁，还会咳嗽打喷嚏，和他一组只会拖后腿。于是这样的理由便将他拒之门外，仿佛我们被一个大大的无形的罩子罩着，看不见摸不着，但是却足以阻挡另一个人敏感的心。

我扭头，看见他转身向教学楼走去的身影，迈着外八字，胖胖的身体一扭一扭，左臂挥舞着，右手却在脸上抹着。他在擦泪。

他哭了。

那个豁达大度心宽体胖总是被人嘲笑却满不在乎的乐观向上的浩爷流泪了。

我的心里一酸。我们以为永远都不会发脾气的大好人就没有小宇宙爆发的那一刻，我们以为永远乐呵呵的无论别人怎样捏仍然微笑的软柿子就没有伤心的瞬间。我们一而再再而三地伤害着他的自尊，完全不顾及他的感受，虽然是无心的伤害，却仍然在他脆弱的小心脏上划下了一道深深的伤口。

而拿刀的人中，就有我。

同学们也发现了他的异样，纷纷跑过去劝他留下来，对老师大喊再来一局。他只是一直摇头，然后头也不回地跑回了班。

突然想起来体育考试的时候，他一个人被甩在队伍的最后，越拉越远。他一只手叉着腰，一只手奋力摆动，不时扶一扶冒着汗珠的鼻梁上的眼镜，喘着粗气，别的同学跑不动了就偷偷地绕近道，而他没有，自始至终，跑了整整三圈，直到其他同学都到了终点，坐在跑道上给他加油，连体育老师也以为结束的时候，浩爷终于赶了上来。

那个时候，我在心里给他鼓了掌。

现在，我看着他孤单的背影，想了一个点子。

我和几个好友去小卖部一人买一包自己最喜欢吃的零食，卷卷心、妙脆角、乐事青柠薯片、喜之郎果冻、魔法师的巴西烤肉味干脆面……然后装到一个大袋子里，里面还有一封信，写着每个同学对他的一句道歉的话。

趁浩爷不在班里的时候，我们悄悄地放在他的桌子上，和那一摞子书并肩。

我们坐在桌子上，用书挡住脸，偷偷地看着他回来后的一举一动，心里怦怦直跳。

直到看见他露出了久违的微笑，还是憨憨地毫不在乎地笑，我们的心终于放下了。

我们终于懂得，一个人的自尊，是多么的重要，那些听起来开玩笑的言语，那些看起来也毫无恶意的动作，却在一个人敏感脆弱的心上，留下痕迹。很疼很疼。

青春就这样伴着疼痛，一点又一点，在跌跌撞撞中，成长。

慈悲不是出于勉强，它是像甘露一样从天上降下尘世；它不但给幸福于受施的人，也同样给幸福于施与的人。

——莎士比亚

用爱沟通

每一对恋人，无论之间发生了什么矛盾，一定要理性沟通，千万不可以意气用事，从而搞砸了两人之间的感情。沟通是改善两人关系的最好桥梁，通过沟通交流，彼此会更加了解对方，会消除一些不必要的麻烦与误会。

小麦和阿辉是我两个最好的朋友。小麦和我从小一起长大，她个性非常强，是个很活泼的女生，对于自己喜欢的东西总是大胆去追求，包括阿辉，他就是被她的真诚和率直打动了。但两个人的性格截然相反，阿辉是个很安静的男生，待人温柔体贴，小麦每次和他在一起都会变得很乖巧，就像个温顺的小绵羊。

在所有的朋友中，他们是很奇妙的一种组合，感情好的时候可以说是如胶似漆，双方都会得到许多快乐与幸福，我还记得小麦坐在阿辉单车上露出的甜美笑容，我除了羡慕还是羡慕。但却也很容易因为一点小事而翻脸走人，两人的关系随时都在变动中，这一刻很难预知下一秒的发展。

那天同学聚会，小麦拉着阿辉的手，两个人一边走一边打闹，我在他们后面偷笑。回去时，在公车上我扭头看到了小麦做的鬼脸，她轻轻地靠在阿辉的肩上，两个人一人一个耳机。看到小麦满眼的幸福，我也替她感到高兴。

我拖着疲惫的身躯回到了家，刚想打开电视放松放松，就接到了小麦打来的电话，她哭着问我有没有时间，想让我陪会儿她。

河两边的柳树刚刚修剪过枝叶，像额头的刘海儿一般齐齐的。刚才的天气还很好，阳光温暖和煦，可一下子就飘起了淅淅沥沥的小雨。我打着伞，老远就看到了长椅上坐着的小麦，她把头埋进膝盖，头发被雨打湿，还向下滴着水。

我悄悄地走过去，把伞往她那边挪了挪，然后陪着她一起默默坐在这里。

太阳渐渐落山了，雨也小了很多，她起身擦擦眼泪，拉着我的手说，我们走走吧。

毛毛细雨轻轻打在我的脸上，我偷偷地看了小麦一眼，红肿的眼睛里溢满了泪，脸上湿漉漉的。

原来，小麦因为和同学发生了一点争执，于是生气地扭头就走，留下阿辉一个人，当她走到一半时，才发现自己错了，她疯狂地去找他，可他已经回家了，她打电话道歉，可他不理。

当她说完，就趴在我的肩上哭了。我安慰她说，事情不大，但如果不理性地沟通，两人的关系可能会变僵，他现在是在气头上，等气消了，他还会像以前一样爱你的。小麦看着我，大大的眼睛一眨一眨，说，那我怎么办啊？我说，放心吧，这事我帮你解决。她乖乖地点头。

回到家，我拿出手机拨了阿辉的号码，他很快就接了。我说，小麦现在哭得稀里哗啦的，如果你心情好些了，请打个电话原谅她。我能感到阿辉的愧疚，当听到小麦哭了，他啊了一声，虽然声音很小，但他还是在乎她的。

第二天一大早，小麦给我发了一条短信，只有一个笑脸。

我看着手机屏幕，偷偷地笑了。

每一对恋人，无论之间发生了什么矛盾，一定要理性沟通，千万不可以意气用事，从而搞砸了两人之间的感情。沟通是改善两人关系的最好桥梁，通过沟通交流，彼此会更加了解对方，会消除一些不必要的麻烦与误会。

用嘴沟通，会挽回一份遗憾；

用心沟通，会改变一种结局；

用爱沟通，会创造一份美丽。

爱，首先意味着奉献，意味着把自己心灵的力量献给所爱的人，为所爱的人创造幸福。

——苏霍姆林斯基

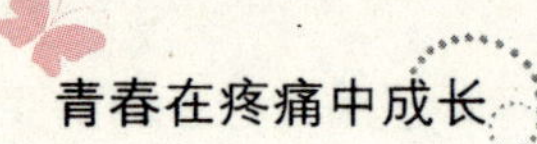

那些路过心上的男生

不是每个女生都是洛丽塔，也不是每个男生都是小王子。只是每个女生都有一个梦吧，都希望有一个男生在将来能好好地疼自己。

这故事要从何说起，像童话的开头，很久很久以前，有个女孩的心里藏下了一个个小秘密，待到春天来临，就生根发芽了。外面的风声呼呼，仿佛所有被时间吞噬了的记忆都随着风声回荡在周围，原以为落在心上的一角早已布满灰尘，可它们全都活了过来，从谁的嘴角说出，轻得像一片羽毛。之后望向远方的风景，却全都变了样。

——题记

邻家男

好像从出生的那一刻，我就注定是一个感情丰富且反复无常的人。有时候会因为被电视上的广告逗得大笑，却突然因为看到别人拿着的棒棒糖后哭得一塌糊涂。识字后，看过许多书，也许因为这个让我的思想变得成熟了些，记得有一本书上说，诗人的女儿都容易早恋。我不屑地撇撇嘴，继续吃手上快化了的雪糕，心想，我不就是一个反例嘛。那个时候自己是那么单纯，以为世界上发生的一切都与我无关，依然乐呵呵地我行我素。

后来发现自己渐渐变了，在院子里与同龄孩子一起玩的时候，也会偷偷瞥几眼那个比我大一岁的男生，他在院子里滑着滑板，我在一旁傻傻地鼓掌。很久以后妈妈告诉我，你当时很喜欢他，还扬言以后要嫁给他。我的脸变得通红。

听说他喜欢淑女，我为他穿上了白色的连衣裙，盘起了头。我故意拿着最好的玩具去他们家玩，和他妹妹套近乎，只是为了听他爽朗的笑声。我们在夏日的夜里，在繁星点点的夜空下，玩着捉迷藏，我们躲在漆黑的过道里，彼此很安静，可以清晰地听到紧张又激动的扑通扑通的心跳声。

从那个时候我就发现，原来有一种情感，单纯得没有一丝杂质，那就是喜欢。

我们喜欢玩过家家，他当爸爸，我当妈妈，几个小伙伴在院子的草坪上铺上一块彩色的布，用泥巴当巧克力，用树叶当菜，用沙子当米饭，然后拿着冰棒棍一下一下地搅着。我们在阳光下都笑得合不拢嘴，仿佛真的是一家子。

后来我们都大了，他搬了家。这一切，仿佛来自遥远的天边，仿佛梦境中美好的一幕，仿佛从来不曾发生，却真实地活在我的记忆中。

直到有一次，我无意中在回家的路上见到了他，还是那么阳光，散发着青春的气息，我刚想打招呼，却将话咽在了喉咙里。

他车子上驮着一个女生，笑容甜甜的，有两个很可爱的酒窝。

他会不会还记得有一个傻傻的小女孩为他扮成淑女的样子，他会不会记得有一个天真的小女孩总是喜欢去他家玩，他会不会记得有一个害羞的小女孩在星空下和他躲在了一起，在阳光下一起玩过家家这么幼稚的游戏。

他一定忘了我吧。一定忘记了吧。

就像我也忘记了，他妹妹的脸上，也有两个甜甜的可爱的酒窝。

齐天大圣

无意中在网上看到这样一个投票：你还记得你的第一个同桌吗？要如实回答哦!

我想了想，点了：记得。

他的种种暴行至今我还历历在目。他曾经上课时揪过我的辫子，疼得我哇哇直哭，他还冲着老师一脸坏笑；他曾经在考试时用圆规刺过我不小心越过三八线的胳膊肘，疼得我冲他大叫，最后被老师视为作弊；他曾经在下课时和我吵架，唾沫星子溅了我一脸，夹杂着五香麻辣条的味道。

他也曾在我一年级的时候，偷偷地亲了我的脸一下。

那并不是一个很晴朗的天气，阴沉沉的，略微有点小雨。我一个人下了课就跑了出来，坐在走廊的台阶上，透过学校的栅栏看外面打着伞的行人，红红绿绿的。

有一对情侣打着一把粉红色桃心的伞，两个人互相搂着腰，男的背着一个女式挎包，女的手上拿着一个冰激凌。我想如果以后也有一个那样温柔体贴的男生照顾我该有多好啊！你瞧，我从小就喜欢胡思乱想。

我沉醉在幻想中的笑容被我同桌齐天大圣窥视到了。至于为什么叫他齐天大圣，源于那次在操场上放风筝。我可怜的蝴蝶风筝被一阵大风吹到树枝上了，那可是我妈妈帮我做的，在我又哭又闹无济于事之后，他一个箭步跑到大树底下，蹭蹭蹭几步就帮我摘了下来，他擦擦汗，微笑着递给我，我惊讶得一句话都说不出来。

“以后就叫我齐天大圣孙悟空吧!”他骄傲地拍拍胸脯。

“那好吧……”

现在想想还是忍不住嘴角上扬了一下。

齐天大圣一脸坏笑地对我说：“是不是看到帅哥了？哈哈!”我说：“没有啊。”他说：“你一定是看到帅哥了，不然笑得这么色迷迷的。”我说：

“哪里有啊？”他说：“我不就是啊！”然后我做呕吐状。

他突然捧起我的脸，那个时候我梳着两个大辫子，一边扎着一个蝴蝶结，有几缕很长的刘海儿遮住了眼睛。他用手将我的刘海儿拨开，然后就轻轻地亲了一下我的脸蛋。

忘了是左边还是右边了，总之我的脸瞬间红了，嘴巴变成了大大的O型。上课铃响了，他跑回了教室，还不忘回头冲我做一个鬼脸，我当时真有种想扁他一顿的感觉。

我紧张地看了看周围，同学们都像一窝蜂一样往教室涌，又望了望路上走着的行人，一个个都打着伞，开心地说着话，好像没有人注意到我。我长长地舒了一口气。怎么好像做贼心虚啊，可贼又不是我。

上课时，我也心不在焉，齐天大圣时不时地看看我，看得我脸一阵青一阵白的。我瞪了他一眼，他老实了很多，我发现他第一次穿得还算整洁，白色的短袖衬衣，休闲裤，一尘不染的样子，头发也长了很多，像鸟巢一样。那个时候我们都还不懂时尚与名牌，只要干净舒适便认为是最好的衣服。

我认为那是他唯一一次没有吃五香麻辣条，因为我的脸上并没有任何异味，好像有淡淡的香水味，肯定是这小子偷偷喷了他妈妈的。

那个时候我们都还不懂爱。的确，这件事情也被我忘得差不多了，他好像也没有再提起过。

以后的日子仍然是生活在水深火热中，生活在画三八线再擦三八线中，生活在双方的唾沫星子中。

怪不得现在的我变得这么强悍，原来是从小锻炼出来的。

老师家长为我们同桌天天打架伤透了脑筋，据说谁也不承认是自己先动的手，而我又总是掉眼泪，所以齐天大圣每次都背上了黑锅。

在老师和家长的开导下，我们恢复了平静的生活，桌子重新变得干净了。我变得内向，他也变得沉默。

总觉得这日子过得不那么惊心动魄了，让从小就喜欢冒险与刺激的科

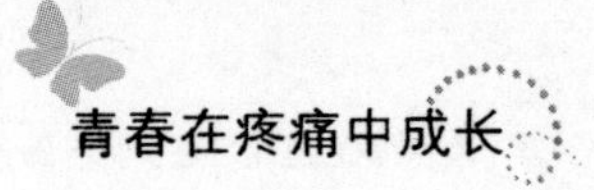

幻影片的我很不自在。

后来，渐渐长大了，同桌也换了好几个，可他在我心中的印象却特别深。以至于在若干年后的今天，我还记得，他曾经在我稚嫩的脸蛋上留下了一个浅浅的吻，也在我幼小的心灵上留下了一道象征着友谊的浅浅的痕迹。

一路向北

向北也是我的同桌，伴了我小学的后几年级。第一次换到他的旁边，他害羞地向我问好，我偷笑，他竟然这么腼腆。

他喜欢在下课的时候给我讲笑话，每次都会让我笑得脸部险些抽筋。他喜欢开玩笑，我们在教室里追逐打闹。当然，有一次不小心碰到了桌角，我的胳膊流出了鲜血，同时我也看到了，他懊悔的神情和额头着急的汗珠。

每次下了体育课，桌子上都会莫名地多出来一瓶水，他总是淡淡地告诉我，刚才有人给你送过来的。我也就信了，可却从来没有见过那人的模样。

那时候我喜欢看漫画，却发现每月我的书包里总是会多出来一本最新的漫画，我问他，他说他也不知道。后来我就忘了，也就把这一切当成了理所当然。

我的生日从来没有人知道，可每年都会收到一份特别的礼物，它静静地放在我的桌子上，没有署名，没有任何线索。我像福尔摩斯侦探调查了好久，却终究没有发现半点蛛丝马迹。

班里新转来一位男生，长得很白净，学习很好，眼睛散发着睿智的光。让任何女孩看了都会心动的吧，可他却对谁都很不屑。

后来有人告诉我，他对别人说，你长得真胖，该减肥了。后来我在公园的池塘边哭了一个中午，水中倒映着我忧伤的胖嘟嘟的脸。

第二天，他的眼镜框还是未能掩饰那深紫色的伤痕。我们却不知道是谁干的。

那个时候啊，我喜欢向北家养的一条叫皮特的狗，它见了我总是乖乖地吐着舌头，从来不对我大叫，向北摸摸它的头，温柔得如同柔和的池水。

可是后来，忘了因为什么，我和他大吵了一架，班里同学都看着我们，像上演了一出滑稽搞笑的闹剧。我狠狠地瞪着他，他的眼睛里有什么在闪烁。

此后我们就一直沉默，没有再理过谁。一直到毕业，他上了一所很普通的初中，我也没有在意。

其实如果那样过了就过了吧，也不会萌生那么多的思念与后悔。

在一个阳光灿烂的日子，我们高高兴兴地小学聚会。动物园里，我打着遮阳伞，看着玻璃房里的胖熊嬉戏，然后无意中就聊起了往事，向北的一位好友告诉我，你真不应该这样对他，他对你的好，谁都看出来了，只有你没看出来。

只有我不知道，原来那水、那漫画、那礼物，都是他送的。原来那个男生脸上的伤痕，是他打的。

我将遮阳伞移了一下，挡住我的脸。

胖熊突然憨憨地爬了过来，抬起头，就那么站着，望着我。

望着我突然泪流满面的脸。

向北，一路向北，就能找寻到他的身影吗？

黑煤球

渐渐发现，我好像对自己的同桌比对别人有更多的关注。初中的同桌也是个男生，他并没有白皙的皮肤，也没有骄人的成绩，没有王子的桂冠。他是个运动的阳光男生，喜欢篮球，喜欢科比。

他总是拿着那个作业本，封面是科比，骄傲地对我说，长得帅吧，我呕吐。我说：黑黑的，像你一样。他说这是健康的象征。我说，那以后就叫你黑煤球吧。

我笑得前仰后合。

我并不像书中的女生，她们喜欢的，要么是年级第一，要么是高高瘦瘦白白的，我只是对某些人有淡淡的好感，在一瞬间，或者一段时间内，保持着这种怦然心动的感觉。我突然发现黑煤球并不是那么讨厌。

他有的时候像小孩子一样幼稚，这点与我还是有点相似的。我们将笔袋里的笔拿出来，摆在桌子上卖羊肉串；我们在草稿纸上画连环画，一个个小人张牙舞爪地说着不切实际的话；我们组建了一个碎蛋帮，每个人都有着自己的责任。

在体育馆看黑煤球打篮球，尖叫地大声喊着加油，悄悄递上纸巾和矿泉水。谁都没有说什么，自始至终，我们都没有说过什么。

我在他生日的时候送了一个科比的卡通钥匙链，希望他看到他，就想起黑煤球这个名字，想起为他起外号的同桌。

不是每个女生都是洛丽塔

不是每个女生都是洛丽塔，也不是每个男生都是小王子。只是每个女生都有一个梦吧，都希望有一个男生在将来能好好地疼自己。

有男生替自己背书包，有男生陪自己跑步，有男生骑着单车带着自己。

青春的梦想，是最美好的。那些纯洁的友谊，深深浅浅的小秘密，在心里会悄悄地开花吗？相信是吧。

多年以后的某一天，将来的自己笑着对现在的自己说，就像现在的自己对着过去的自己说一样——

瞧，这就是成长。

附　录

为青春代言，请你们听好

左文义

读罢孟祥宁的《希望你不要知道，知道也请你忘掉》（以下简称《希望》）等四篇小小说作品，再看罢她的简历，一时心头喜怒悲恐惊五味杂陈。于是，连文章的命名都不禁模仿起了孟氏的口气与风格。

其实，每个阶层每个年龄段的人都需要自己的代言人，就像一个国家或组织需要有新闻发言人一样。在国际舞台上，人们绝少听到小国弱国的声音，同样，弱势群体弱势年龄段的人的声音往往也不被社会听到，此时，代言人尤为重要。18 岁的祥宁是高中生，自然为学生代言，为青春代言了。并且，她的水平着实了得呢，像一个高妙的导游，给大家讲解。她是外表风风火火而内心充满无奈与痛苦的“青春期”一族。

作家写作，自然要写身边最熟悉的人和事，身为学生的祥宁当然离不开同学、班级、学校、家长这些元素，可供调控的排兵布阵的空间虽略显狭小，但所幸是以一名身处其中的学生的角度落笔，这是写同类题材的大人们难以企及的。地利稍逊，但他们天时人和俱全，所以她的作品能以独特的视角和特有的语言给人耳目一新的感觉，是在少男少女的灵魂深处的写作。欢喜时的雀跃，悲伤时的泪水都充满着青春的气息，令人信服。早恋，历来被家长们视为洪水猛兽，平日里察言观色稍有蛛丝马迹便会使尽心机围追堵截。读罢祥宁在《希望》一文里讲述的这个早恋的故事（与其说是故事，倒更像是少男少女成长征途中的一次小小的事故），不禁莞尔了，摇头叹息，唉，这帮孩子。你看，男孩女孩之间的好感来得很快，一次与男孩子小小的碰撞，就能在少女心头激起层层涟漪，继而激发出舞动的浪花，大胆地和对方联系；对他的人崇拜有加，对他的画惊叹不已，宛如一个傻丫头；更傻的还在后面呢，QQ 聊天还不足以表达一片爱慕之情，竟然常常跑到楼下教室后门观察他座位的位置，竟然想会不会某天突然地震了自己能正好砸到他身上，看看，这内心的独白，是不是傻得有些不可救药了；甚至在上课的时候会望着打羽毛球的他发呆，大有心魂不定，茶饭不思的意味。在成人看来，这无疑就是恋爱了，是该施展各种手段动之以情晓之以理劝其悬崖勒马的时候了（想给家长们说句话，水在那里，风在吹拂，要想让水面不起涟漪怎么可能呢）。与大人们的神经兮兮相比，孩子却是那样轻松，“莫小爱，你是不是青春期啦?”“我一直都在青春期，只不过青春的气息好像更明显了”，这些明显是跟着感觉走的调侃的口吻。及至被问到是不是喜欢对方时，心才“咯噔了一下”，直到此时此刻，小小的心儿才开始追问自己的呆呆傻傻如醉如痴的行为举止暗示着什么。孩子们都是感性的，他们的行为远远地将理性甩在后面。家长若不了解这些，又怎么能和孩子沟通呢？试想，文中莫小爱的母亲在日记或某种渠道知道她竟然渴望“突然地震能正好砸到他的身上”时不知要唬成什么样，担心成什么样呢。倘若因此采取了不恰当的干预，想必一下子就把莫小爱推到了真正的早恋行列。因为他们意识到了自己在早恋之后，也会矛盾会抗拒，听听孩子的这句话吧，“这个词（应该是早恋）在我的年龄不该出现却必然存在，我说不清那是一种什么感觉”。做家长的注意了，孩子的这种感觉的性质及后果某种程度上是由你决定的，你说是早恋就是早恋，你说是龌龊就是龌龊，你说是高尚就是高尚。你越闹得凶，本已起了涟漪

浪花的水面必定波浪滔天，小船必定迷失方向，结果越不能如你所愿。因为你把孩子的模棱两可的美好的感觉和犹犹豫豫的矛盾庸俗化了透明化了，逼着他们去面对，去承认，去否定，去超越，你越是小题大做，就会越适得其反。小说中主人公的家长没有适时出现，故事以男孩的可爱懵懂，女孩的睿智伤心而结束，巧妙而自然。如人所期，却有点点心酸，又会欣慰地默默叨念，谢天谢地。最后我要对文章中莫小爱的父母说几句，当孩子"希望有一个人可以给我温暖，有一个人可以陪着我说话，有一个人会提醒我雪天路滑注意安全"的时候，您是否该及时以朋友以长者的身份出现了。还记得《北京人在纽约》中，已然坠入深渊无法自拔的女儿对父母亲愤怒的抱怨吗，"我需要爸爸结实宽大的胸膛，我需要妈妈温暖的胸怀，你们给过我吗，你们给得了我吗……"

而在《晒晒自己发霉的心》（以下简称《晒》），作者是明写一位得忧郁症的朋友，其实是拿鞭子直抽家长的背脊，相信看过此文的家长在揪心的同时，都会自然而然地进入自省状态，自己的孩子是不是也处在那个昏暗的屋子，说出令人触目惊心的"我喜欢黑暗"这句话。现实生活中的家长，都忙啊！本事越大忙得越欢。走南闯北飞来飞去，且美其名曰：为孩子打天下，让他们生活得更幸福。看到《晒》中那个可怜幽居的同学，不禁心头阵阵疼痛。让我们听听孩子对一味追求金钱和事业为幸福的家长的悲愤控诉吧，"让我一个人住这么大的房子，晚上常常害怕得睡不着觉"。所谓追求幸福，不过是家长逃避责任甚至是只为满足自己虚荣心的冠冕堂皇的借口而已。不是吗？在文章开头作者交代了幢幢高耸的楼房，大大的喷泉，泉边还有秋千和滑梯，可以想象，能在这样高档的小区购得一所大得让女孩晚上睡觉都害怕的大房子，足以说明女孩父母的富有。当代的父母啊，谁也不会怀疑你们的打拼是为了孩子，你们在为孩子积累财富，让他们吃得好喝得好，有社会优越感。但我要告诉你，即便你像帝王一样富可敌国，又能怎样，因为自古公主王子悲剧多矣。其实要让孩子幸福快乐是非常简单的事情，就像文中的"我"那样，帮他收拾收拾屋子，拉开窗

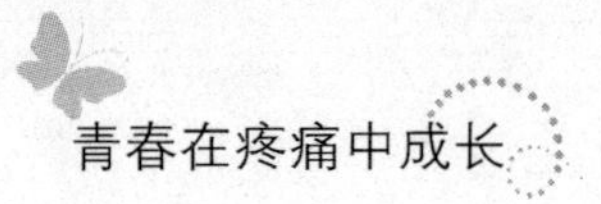

帘，穿上鲜艳的衣服，到阳光下走走，就这么简单。做父母的，把时间挤出些来陪陪孩子，这是你的义务更是孩子的权利。看完这篇小说，我对自己的一个假设惊恐不已，假如不是“我”给那可怜的女孩送书而把她带到阳光下，那个女孩会不会死于豪华的家中而不为人所知呢，想到这儿，我不寒而栗。人，为何总是本末倒置！

《750分把青春变成750岁》（以下简称《750分》），震撼的题目，含泪的文字，嘶哑的呐喊，无声的拷问，似一柄柄钢叉抵在教育体制的咽喉。分，学生的命根儿；考，老师的法宝。过去，现在，及可预见的将来，这依旧是校园里的流行语。与《晒》文不同，《750分》中的父母不是大撒把，而是给孩子戴上紧箍咒，时时刻刻不厌其烦地叨念咒语，直到把孩子念得闹不清自己是在一天天长大，还是在一天天缩小。身体一点点虚弱，近视在一点点加深，爱好皆泯，锐气尽失，活成了一个小老头。看完了全文，我的心无比沉郁，也有一种想大喊大叫的冲动，不过不仅仅为文章的主人公，而是为我自己。作为父亲，我也在无比苛刻地要求自己的孩子学这学那，周六周日忙得更胜寻常。虽说是和孩子商量征得同意才报的这些补习班，但看了《750分》一文后，我深深地自责了，在父母殷切的目光中，懂事的孩子又怎能拒绝家长的要求呢。毕竟爱玩好动是孩子的天性啊。要说那个孩子生来就爱囿于室内学习，必是傻子无疑。我呐喊，我真的从内心不想让自己像万万千千的父亲那样流入世俗，但在这滚滚洪流之下，不顺从只有死路一条。我呐喊，替文中的孩子鸣不平，也为生活中的自己的孩子发泄。祥宁的这一篇小文，其实揭示的是一个死结一般困扰家长学生的大问题。正如文章的结尾所说，我们都“拖着疲惫的身躯，跪在了地上”。

四篇作品中似乎只有《健忘症》离孩子教育的主题较远，只是讲述同学之间一段感人至深的恩恩怨怨。但我还是在郝艺给莫小爱的信中发现了几丝端倪。还记得她提到嫉妒莫小爱的第一个理由吗？就是“你有一个美满幸福的家庭，而我的父母离了婚”。郝艺的嫉妒是可怕的，因为她不是用对方的不好去换来自己的好，而是一种我好不了大家都别好的破罐破摔

近似疯狂的心态。所以她才会冒着风险昧着良心将对方的小物品藏起来十几次之多。嫉妒之心人皆有之，但像郝艺这般执著胆大者亦不多见。但从另一个方面却能看出，她对幸福的渴求是多么的强烈，对现实生活是怎样的悲观与失望。是啊，父母离异对孩子造成的负面影响是巨大的，她的无奈，她的啼哭，她的祈求，在父母破裂的感情面前，在那无情的冷战或是在绝情的大打出手面前都将无济于事，她无疑是家庭破裂最大的牺牲品。动荡的家庭，势必会影响她的学习，逼迫一个孩子不得不谋划自己的道路，“我是靠自己努力学习芭蕾，才进入了这所重点高中”。这句话包含着郝艺多少的汗水和心酸啊。我想，莫小爱对郝艺的不幸是同情的，由同情而生信任，宁肯相信自己得了健忘症也不怀疑是好友偷了自己的东西，十几次也不怀疑，而这善竟不能感化郝艺分毫，足见郝艺的外表下藏着一颗多么冷酷的心。直到高考前几分钟莫小爱奔回宿舍为郝艺取来准考证才终于让郝艺良心发现，感触到了友情的可贵，认识到了自己所作所为的可耻，退回了偷窃朋友的东西。并在信中说“不要再碰上我这种人了”。郝艺一定是怀着悲观绝望的心情写这封信的，父母离异，朋友分手，高考落榜，一生的坎坷都压在了一个少女柔弱的肩头，即便她不出车祸，也不知道她能不能挺得住这重重的打击。所以作者对成了植物人的郝艺说，“她真的什么都忘了，忘了也好”。这不也是代表郝艺向她的父母控诉吗。看到此处，我的眼睛湿润了。

祥宁的这组小小说，语言生动，洗练有力，非常耐读，耐人寻味。比如，“她拿苹果往我的头上敲，一副想把我敲成脑残的架势”，使陈欣怡含羞带怒娇俏动人的少女模样跃然纸上，如在眼前。“我将头往下铺看去，长发被我疯狂地抓成了一团，披散着，很像一个垂下来的女鬼”，这句话不仅形象，更是一语双关，对于偷了东西有愧于我的郝艺来讲，应该在这种形象中受到警醒：“而她却没有，依旧上演偷我东西的把戏”，这一细节的安排把郝艺的妒火之盛，心术之狠表达得淋漓尽致。还有，在《750分》中，开篇的“‘咚’的一声，整栋楼都在颤抖”就定下了整篇文章沉闷悲剧性的调子，而“下楼的时候，碎片落了一地”，是否也暗示了结尾处主人公大声喊叫之后，“跪在了地上”的悲愤与无奈呢。凡此种种，不胜枚举。

我视祥宁的文章为青春的代言词，是架起学生与外界的桥梁。大人们借此走进孩子们的心中，平等地心平气和地观察他们的言行举止，站在他们的角度体会他们的喜怒哀乐，同样站在他们的角度审视作为大人的自己的言行与缺失。那样我们才能在阳光的沐浴下，笑得如满园盛开的花。

最后，衷心祝愿小祥宁用充满灵性的笔和辛勤的汗水，在文学的百花园里开创出一片属于自己的广阔天地。